ALFAGUARA

El buscador de finales

Pablo De Santis

ALFAGUARA
SERIE ROJA

ALFAGUARA

www.alfaguarainfantilyjuvenil.com

·Ediciones Santillana, S.A. Leandro N. Alem 720
C1001AAP - Ciudad de Buenos Aires. Argentina

·Editorial Santillana, S. A. de C. V.
Avda. Universidad, 767. Col. Del Valle, México D.F. C.P. 03100

·Distribuidora y Editora Aguilar, Altea, Taurus, Alfaguara, S. A.
Calle 80, nº 10-23. Bogotá. Colombia

ISBN: 978-84-204-2258-9
Depósito legal: M-6.917-2009
Printed in Spain - Impreso en España por
Unigraf, S. L., Móstoles (Madrid)

Primera edición: marzo 2009

Diseño de la colección: Rafa Sañudo, Raro, S. L.

Imagen de cubierta: Istock Photo

Editora: Marta Higueras Díez

Maquetación: David Rico

El buscador de finales

A Marcelo Birmajer

Un cajón de manzanas

Esto que voy a contar ocurrió hace mucho tiempo, cuando las revistas de historietas se vendían por millares y no había nadie en la ciudad que no supiera quién era la Máscara Púrpura, o Cormack, el detective de lo sobrenatural, o Montana, el cowboy manco que había aprendido a disparar con la mano izquierda. Las revistas costaban cincuenta centavos, estaban impresas en un papel de mala calidad y eran en blanco y negro. El resto de la vida era a colores, pero ningún rojo, azul o amarillo me parecía más vivo que la tinta derramada en esas páginas.

No sólo compraba y leía las revistas, sino que las coleccionaba. Mi biblioteca era un cajón de manzanas que guardaba bajo la cama, un cajón de madera de pino sin cepillar. Había que manejarlo con cuidado para no clavarse astillas. Todos los días repasaba mi colección de revistas, desordenándolas un poco, casi como si no me diera cuenta, para permitirme después el placer de ponerlas de nuevo en orden. Mi personaje favorito era Cormack, detective empeñado en luchar contra vampiros, espectros y monstruos de la mitología. Cormack tenía su oficina en el sótano de un cine y desde allí salía para salvar a la ciudad de las criaturas de la noche. Yo ponía en orden mis revistas en el cajón de manzanas; Cormack ponía en orden el mundo. Ésa es la distancia que separa, ay, a los niños (y a los hombres) de los héroes.

Durante las tardes, después del colegio, jugaba a imitar esos dibujos. Parecía fácil al principio, mientras dibujaba lentamente un ojo, una puerta entreabierta, una bala de plata. Pero al mirar el conjunto me daba cuenta de que estaba muy lejos del original. Mi dibujo no tenía nitidez, ni fuerza, ni vida. El dibujante de Cormack hacía una mancha y era una sombra; yo dibujaba una mancha y era una mancha.

No me desanimé, y sin decirle nada a mi madre fui a la Editorial Libra, que en ese entonces ocupaba un edificio entero cerca del puerto. Había mucho movimiento en el *hall* de entrada del edificio, porque la editorial no publicaba sólo historietas, sino revistas de crucigramas, deportes, ajedrez; revistas para mujeres que se hacían sus propios vestidos; revistas para inventores, con planos de autos a vapor, robots caseros y submarinos. Las más exitosas eran las historietas y las novelas, que estaban divididas en cuatro series: *Far West, Besos, Espanto* y *Héroes de la Vida Real*.

Arrastrado por la multitud entré en el ascensor. Hubiera querido encontrar en la planta baja un escritorio donde hacerme anunciar. Me gustaba la idea de "hacerme anunciar", era como enviar mi nombre para que llegara antes que yo. Pero al final mi nombre y yo llegamos juntos.

Tardé en abrirme paso, a codazos, hasta el ascensorista, que manejaba con solemnidad la botonera de bronce, como si fuera el piloto de una nave.

—Busco al dibujante de Cormack —le dije.

—Séptimo —respondió y me dio un empujón, para que saliera, porque ya estábamos allí. Crucé una puerta de vidrio esmerilado y me encontré con una gran sala llena de dibujantes que trabajaban en sus tableros, bajo la luz azul de unas lámparas de bronce. Trabajaban en silencio y sólo se oía el ruido de las plumas sobre el papel y el de los grandes sacapuntas metálicos a manija, atornillados a los tableros, que dejaban los lápices afilados como punzones. A mi lado había una mujer sentada frente a un escritorio: estaba seria no por indiferencia sino con fuerza, como si encontrara felicidad en su amargura. Tenía anteojos de carey y el pelo echado hacia atrás, y un teléfono de baquelita negra que nunca soltaba. Hizo una señal con la ceja derecha, que indicaba que esperaba una pregunta, y otra con la ceja izquierda, que significaba que mi pregunta no le interesaba.

—Busco al dibujante de Cormack —dije.

—¿Para qué lo busca?

—Quiero ser dibujante.

—¿Y a cuál busca? Todos ellos dibujan a Cormack.

—¿Todos?

—A Cormack y a los demás.

Me sentí muy abatido.

—Si no tiene nada mejor que hacer…

Había durado poco mi aventura. La mujer estaba a punto de señalarme la puerta de vidrio, cuando metí la mano en el bolsillo y saqué mi episodio favorito. Cormack se enfrentaba a la Gorgona, una dama de cabellos de serpiente cuya mirada convertía en piedra a quien se atreviera a mirarla. Cormack conseguía matarla, pero antes de morir la Gorgona lo miraba con algo que no era sólo furia. Ese cuadro, que ocupaba casi toda la página, me encantaba. Esa mirada me había llenado de inquietud.

—Busco al que dibujó esta página.

La secretaria, menos por amabilidad que para sacarse el problema de encima, levantó la revista que yo le mostraba y gritó:

—¿Quién dibujó a la Gorgona?

13

Los dibujantes parecieron despertar del sueño, y miraron la revista que la mujer sostenía en alto. Una mano se levantó en el fondo; el dibujante seguía con la mirada fija en el tablero, como si la mano se hubiera levantado sola.

Atravesé la sala y me acerqué hasta él. Era muy joven y vestía un pantalón de sarga gris y una camisa blanca que había sido fregada y vuelta a fregar pero que aun así conservaba viejas manchas de tinta negra.

—Ese dibujo es mío. ¿Por qué le interesa?

—¿Por qué tiene esa mirada la Gorgona? Está furiosa con Cormack porque la está venciendo. Pero en esa mirada no hay solo furia.

El dibujante miró el dibujo, tratando de recordar el episodio. Al final respondió:

—Solo hay una forma de matar a la Gorgona: usando un espejo para acercarse a ella. Cormack usó uno, como hizo Perseo, el héroe de la mitología. La Gorgona ha vivido en un mundo sin espejos, porque sabe que en los espejos está la clave de su perdición. Cuando se mira en el espejo de Cormack se da cuenta de que es un monstruo: se ve por primera vez como la ven los demás. Pero se da cuenta también de que es hermosa. Entonces sonríe. No con la boca, con los ojos. Sonríe un segundo antes de que Cormack le corte la cabeza.

Miré a la secretaria para ver si estaba a punto de echarme. Pero no parecía pendiente de mí. Hablaba por teléfono mientras recibía de un cadete un sobre.

El dibujante me tendió la mano.

—Soy Laurenz.

—Juan Brum. Y quiero ser dibujante.

—Pero aquí no te contratan así como así.

—¿Hay que hacer una prueba?

—Nada de pruebas. Antes de ser dibujante hay que ser letrista.

—¿Letrista?

—Los que escriben las letras de las historietas. Están escritas a mano, ¿ves?

—Sí, ya sabía. Entonces quiero ser letrista.

—Nadie entra como letrista. Si no, ¡qué fácil sería todo! —Se notaba que a Laurenz no le gustaba que las cosas fueran fáciles—. Hay que empezar por el escalón de abajo: cadete.

—Pero yo quiero dibujar.

—No te desanimes. Los cadetes son quienes mejor conocen la editorial. Llevan los guiones que escriben los guionistas a los dibujantes, y de allí llevan las páginas dibujadas a los letristas, y de allí al taller de impresión. Todo el día en movimiento, de una punta a la otra del edificio. Los cadetes tienen una visión de toda la editorial, conocen los conductos que unen las distintas partes del edificio, ven en un solo día a personas que no se verán jamás entre sí. Y así podrás elegir mejor tu lugar en la editorial. Ahora querés ser dibujante, pero mañana tal vez quieras ser letrista, o escribir las historias, o hasta convertirte en... un buscador de finales.

Iba a preguntarle qué era eso, pero nos interrumpió la campana de la secretaria.

—Señor Laurenz, necesitamos para hoy esa página de Montana.

Laurenz volvió a su trabajo: bajo el sol del desierto, dos buitres esperaban el resultado de un duelo.

LA CASA DE SANDERS

Y así fue como decidí presentarme como aspirante a cadete: en una oficina llené un formulario de papel amarillo, tratando de que me saliera buena letra. Esperé una semana, dos semanas, tres semanas, y me llamaron.

El jefe de los cadetes, el señor Greve, me miró con severidad y me tendió un uniforme.

—¡A prueba! —me dijo, para que yo no diera por sentado que el trabajo era mío.

No se habían preocupado por buscar un uniforme de mi tamaño. Intenté protestar.

—¡A prueba! —me recordó el señor Greve.

Todo me quedaba grande: los borceguíes, duros y negros, acordonados; los pantalones, la camisa gris. Inclusive el pañuelo que debía atarme al cuello tenía el tamaño de una sábana. Una parte fundamental del uniforme era un tubo metálico con correas de cuero que debía ajustarme a la espalda. También tenía que usar unos guantes gruesos de goma negra.

—¿Para qué quiero guantes? —pregunté.

El señor Greve no se dignó a contestarme, pero uno de los cadetes, Nogueras, alto y rubio, me respondió con tal ceremonia que me di cuenta de que me había tomado a la ligera una cuestión de suma importancia:

—Los cadetes marchamos tan rápido que las suelas de los borceguíes generan electricidad estática. Apenas tocamos algo de metal salta una chispa y se nos chamuscan los dedos.

Todo el uniforme tenía el aire un poco ridículo de los exploradores, pero gracias a los guantes, los superábamos. Apenas salí de la sala de cadetes me saqué los guantes. Media hora más tarde, después de haber subido y bajado las escaleras, me decidí a usar el ascensor. Apenas toqué el botón de llamada la descarga fue tan fuerte que caí sentado.

El ascensor se abrió y el ascensorista se quedó mirando cómo me frotaba los dedos chamuscados.

—Los guantes, muchacho.

Me puse los guantes de inmediato y desde entonces no me los volví a sacar.

Durante más de un mes trabajé sin salir del edificio. Era un trabajo agotador, todo el día subiendo y bajando las escaleras. Además mis pies bailaban dentro de los enormes borceguíes. A pesar del cansancio estaba contento: todos los días veía trabajar a los dibujantes y a los letristas. Estos eran unos treinta y estaban siempre mucho más angustiados que los dibujantes. Vivían pendientes de los rumores; esperaban ansiosos que alguno de los dibujantes se jubilara o se fuera a vivir a una isla o sufriera algún accidente que le impidiera el uso de la mano, para poder así ocupar su lugar.

Conocí también a los guionistas y escritores, que ocupaban el octavo piso. Había unos cincuenta escritorios, cada uno con su máquina de escribir, de donde salían todas aquellas historias de amor, de terror, del Oeste, y las vidas de los Héroes de la Vida Real (próceres, inventores, científicos). Los guionistas y escritores tenían siempre los dedos manchados de tinta o de grasa, porque siempre estaban hurgando en el corazón secreto de las máquinas.

La primera vez que visité el octavo piso uno de los escritores me preguntó:

—¿Material de Sanders?

Yo ni siquiera sabía quién era Sanders. El escritor pareció muy decepcionado. Desde entonces, siempre que entraba me recibían con la misma pregunta:

—¿Material de Sanders?

Pero yo venía a buscar guiones para los dibujantes o a traer mensajes de los dibujantes (preguntas sobre algo que no habían entendido) o de los letristas, que habían encontrado una contradicción en las historias. Cuando les decía que no traía nada de Sanders, que ni siquiera conocía a Sanders, se quejaban como chicos.

—¿Y cómo voy a seguir?

O si no, señalando el gran calendario que había en la pared:

—¡Tengo que entregar la historia pasado mañana! ¿Cómo quiere que haga?

Yo no tenía ningún consuelo para estas quejas.

Un día Greve, el jefe de cadetes, me llamó y me dijo, como de costumbre:

—¡A prueba!

Pero luego agregó:

—A prueba estuviste hasta ahora. Hoy te voy a encargar un trabajo de la Mayor Responsabilidad.

(Dibujaba con el índice las letras en el aire para que yo supiera que se trataba de mayúsculas).

—Vas a ir a buscar materiales a la casa de Sanders.

Entonces me entregó un sobre grande, que contenía, imaginé, varias hojas de papel, y me explicó cómo llegar a la casa de Sanders.

El tal Sanders vivía cerca de la estación del ferrocarril: el barrio había conservado las casas bajas y las calles empedradas. La casa de Sanders, tan vieja como las otras, tenía los postigos cerrados. El timbre –una pieza de bronce– colgaba de un cable. Preferí golpear la puerta, para evitar el peligro de quedar electrocutado. Lo hice una, dos, tres veces, hasta que una voz me preguntó quién era:

—Un cadete de la Editorial Libra.

—¿Uno nuevo? ¿Y al otro qué le pasó? ¿Lo interceptaron?

—No sé.

La puerta se abrió unos centímetros. Entregué el sobre; a cambio recibí una caja de cartón atada con cordel amarillo.

—¿Está ahí todavía? —preguntó la voz—. Más tiempo tarda, más rápido lo interceptan.

Al marcharme me di cuenta de que en ningún momento había visto la cara de Sanders. Caminé a paso vivo. La caja, tan liviana, parecía vacía.

Todo lo que viene después

Desde entonces, dos o tres veces por semana me enviaban a la casa de Sanders.

—¿Quién iba antes de mí? —pregunté a Greve, mi jefe.

—Maldani —me contestó de mal modo—. Está de vacaciones. ¿Por qué me lo pregunta?

—Por nada.

Me acordaba de Maldani, bajito, medio colorado. Lo había visto dos o tres veces. Después, nunca más.

El ascensorista, como veía subir y bajar a todo el mundo, estaba al tanto de todo. Él me dio novedades sobre Maldani:

—¡Qué va a estar de vacaciones! Tiene parte de accidentado. Parece que se cayó por unas escaleras cuando cruzaba el puente del ferrocarril. Unos moretones, nada más.

Yo debía pasar por ese puente siempre que iba a casa de Sanders. Era un puente de hierro y siempre estaba desierto.

A veces las cajas que me entregaba Sanders eran livianas, y otras, pesadas, como si hubiera ladrillos en su interior. Cuando llegaban las cajas al piso donde trabajaban los escritores, estos me arrancaban el tesoro de las manos sin decir ni gracias. Con la cara iluminada por la curiosidad, se asomaban a su interior. Una vez me animé a acercarme para ver qué era lo que causaba tanta ansiedad. Esperaba encontrar un talismán, un objeto mágico que justificara aquellas miradas extasiadas: lo que vi fue una zapatilla vieja.

Cada vez que visitaba el séptimo piso, para buscar dibujos que enrollaba y ponía en el tubo de metal que cargaba a la espalda, me detenía a hablar con Laurenz.

Cuando le pregunté por Sanders, me respondió:

—Sanders es un buscador de finales.

—¿Qué es eso?

—Que él mismo te lo explique. Es fácil definir un triángulo. O una máquina de coser. Más difícil es definir el color amarillo, o la lluvia, o a un buscador de finales.

—No creo que quiera hablar conmigo. Es un viejo amargado que ni siquiera me abre la puerta. Todavía no le he visto la cara.

Laurenz suspiró.

—Los guionistas y los escritores de novelas siempre se traban cuando llega el momento de escribir el final de la historia. Y cuando vacilan, todo parece vacilar: los cowboys disparan sin ganas, los amantes se besan de puro compromiso, los monstruos, cansados, dejan de asustar. De eso se ocupa Sanders. Lee la historia y guiado por un sexto sentido encuentra un objeto que le permite al guionista terminar la historia.

—¿Todo eso solo para un final?

—Es que el final lo es todo. ¿No viste el cartel? Está en la sala de Escritores, al fondo. Lo puso Jacobo Libra, el dueño de la editorial, para que nadie olvide la importancia de los finales.

Apenas terminé de hablar con Laurenz subí por la escalera hasta el octavo piso. Era cierto: ahí estaba el cartel. El sol que entraba por las ventanas había desteñido las palabras hasta convertirlas casi en un mensaje secreto.

Y leí:

El final, amigo, ¿lo ves?
Es lo que viene después
del Había una vez.

Fue durante mi quinto o sexto envío cuando la curiosidad me venció y empecé a mirar lo que había dentro de las cajas. No era difícil desatar el nudo de piolín amarillo y luego volver a atarlo tal como estaba. Aquellos objetos no parecían tener ningún sentido. Encontré:

–Una pluma de paloma.
–Un reloj de bolsillo.
–Una página de diccionario.
–Un boleto de tren (en esa época eran de cartón).
–Un paraguas roto.
–Un grillo muerto.

Entonces pensé: El señor Sanders se gana fácil la vida.

¡INTERCEPTADO!

Los viajes hasta la casa de Sanders se hicieron costumbre. Siempre lo mismo: la mano que se asomaba para recibir el sobre (huesuda, con algo de garra) y luego la caja de cartón atada con cordel amarillo. Nunca un saludo o un comentario amable.

Yo leía siempre los guiones de historietas y las novelas inconclusas que le enviaban a Sanders, y luego estudiaba con mucha atención los objetos enviados por el viejo. Había aprendido que no había una relación directa entre los objetos y las historias, ni siquiera entre los objetos y los finales que estos inspiraban. Sanders actuaba de un modo muy indirecto.

Recuerdo por ejemplo una historia en que Cormack, detective de lo sobrenatural, investiga los ataques que sufren reconocidos especialistas en botánica. El Doctor Caletra recibe de regalo un ejemplar de la planta *Pictorica Aquinea*, cuyo olor narcótico lo desmaya y casi lo mata. Una hiedra de crecimiento rápido acaba con la vida del gato de Melchor Rancagua. El doctor

Janer aparece envenenado por la espina de una rosa. Cormack investiga y descubre que años atrás los tres científicos habían colaborado en la tarea de echar de la Universidad al Doctor Zack, especialista en plantas venenosas. Hace años que Zack no sale de su casa, hace años que nadie lo ha visto; Cormack va a visitarlo, pero Zack no lo recibe. Entonces, de noche, Cormack trepa la alta pared que rodea la casa y salta dentro del jardín prohibido. Aquí se interrumpía la historia.

Yo imaginaba que Sanders iba a enviar al guionista una muestra del mundo vegetal: una rama con espinas, la hoja de una planta cargada de leyendas (como la mandrágora o el muérdago) o alguna planta que pusiera en peligro a Cormack (una planta venenosa o carnívora). Sanders, en cambio, había enviado un puñado de sal.

Ese puñado de sal gruesa no tenía ninguna relación con las plantas, ni con la historia, ni con Cormack, y sin embargo le había indicado al guionista el final que contaré a continuación:

Cormack salta la pared que separa el jardín de Zack del mundo. En lo alto del muro hay vidrios rotos pegados con cemento y el héroe, a pesar de sus guantes, se hace un corte en la mano. Cormack se prepara para saltar sobre lo que, imagina, es un jardín poblado de plantas exóticas y peligrosas, pero cuando pone los pies en tierra… no hay jardín. Es tierra seca, arenosa, estéril. Ni un yuyo crece en el jardín de Zack.

Avanza hacia la casa y entonces algo –algo que se parece a Zack– salta a su encuentro. La silueta del atacante es humana, pero en su cuerpo se reúnen cientos de plantas prodigiosas: hay hojas afiladas en su mano derecha, y en la izquierda espinas. Cormack comprende que Zack *es* el jardín. La masa vegetal se abalanza contra Cormack, que no puede contra la fuerza de las hojas y las raíces. Cuando está a punto de abandonarse, la herida de su mano empieza a sangrar en abundancia, y esa sangre debilita a su enemigo. Cormack comprende que su sangre es veneno para Zack. El detective se debilita a medida que la sangre mana, pero así puede vencer a Zack. Mientras el ser se envenena, las plantas se separan unas de otras, y el enemigo pierde su forma hasta desintegrarse. Cuando el combate termina, es apenas un montón de tallos cortados y flores marchitas.

¿Pero por qué el guionista había escrito todo eso a partir de la sal? Le pregunté a mi madre, que sabía mucho de plantas.

—Porque la sal arruina la tierra. Si se echa sal sobre un campo, no crece nada.

—Cuando el guionista abrió la caja y encontró la sal, supo que no debía haber ningún jardín en el terreno de Zack. ¿Es así?

—Sí. Y si el jardín no estaba allí, ¿dónde estaba entonces?

Empezaba a entender el método de Sanders.

Una tarde pasó lo que tenía que pasar: fui interceptado. Cruzaba el parque, hacía mucho frío y los juegos estaban vacíos. Las hamacas se movían levemente, empujadas por el viento, y chirriaban sus cadenas oxidadas. Yo caminaba distraído, sin prestar atención, cuando sentí el empujón. Frené la caída con las manos. Quedé aturdido; cuando miré a mi alrededor vi que alguien se perdía entre los árboles. Me habían robado la caja.

El fondo de los cajones

Cuando iba después de las seis a la casa de Sanders, no estaba obligado a pasar luego por la editorial, sino que entregaba la caja al día siguiente. Así que regresé a casa con una resolución: iba a esconder el robo. Si decía que había sido interceptado, me cambiarían de destino, y volvería a subir y bajar escaleras sin salir de la editorial. Cada vez me parecía más lejano el puesto de dibujante de historietas. Saludé a mi madre, que estaba en la cocina, me encerré en mi cuarto y me puse a pensar qué hacer. Ya no tenía la caja y debía reemplazarla de algún modo. Revolví los cajones de la casa, llenos de esas cosas inútiles que se multiplican sin fin (frascos de remedios, nueces intactas de alguna Navidad, dados solitarios y relojes muertos), pero no me decían nada sobre el arte de contar historias; más bien contagiaban una impresión de insignificancia (yo no era todavía un buscador de finales, no sabía cómo hacerlas hablar).

En la historieta inconclusa –la historieta del final robado–, el cowboy Montana se hospedaba en un hotel de una ciudad que visitaba por primera vez, pero la noticia corría y sus enemigos rodeaban el edificio. Sabían que si alguno de ellos lo mataba, pasaría a formar parte de la leyenda.

Montana miraba por la ventana el lento despliegue de sus enemigos. Calculaba sus posibilidades, y la cuenta le daba cero.

El cowboy no tenía salida. Yo tampoco.

El Palacio de los Botones

Mi padre se había ido de casa muchos años atrás y desde entonces mi madre no supo nada de él. Yo casi no lo recordaba; a partir de algunas fotografías me había inventado recuerdos: una visita al zoológico, un partido de fútbol, una salida de pesca en la que sacábamos un pez gigantesco, que luego regresábamos al mar. Con el paso del tiempo esos recuerdos se llenaban de más detalles, pero yo sabía que cuanto más perfectos eran, más inventados.

Mi madre mantenía la casa con el sueldo que cobraba en El Palacio de los Botones. Era la más antigua casa de botones de la ciudad; techos altos, un enorme mostrador de madera lustrada, en forma de U, donde atendían el señor Carey, hijo del dueño original, la señora Haydée y mi madre. Ella trabajaba desde hacía diez años en El Palacio de los Botones, pero como el señor Carey había nacido allí y la señora Haydée llevaba medio siglo en el negocio, a mi madre la consideraban "la nueva".

—Me sorprende que, a pesar de que es tan nueva en el oficio, haya encontrado la caja de los botones perlados número 5 —decía el señor Carey con aprobación.

También para la señora Haydée era una recién llegada:

—Cuidado con las cajas del fondo: a la gente nueva siempre se le caen encima.

Ni el señor Carey ni la señora Haydée habían tenido hijos, así que solo tenían a mi madre para cuidar y regañar.

De vez en cuando yo visitaba El Palacio. Me parecía el lugar más aburrido del mundo.

—¿Cuándo vendrás a trabajar aquí, jovencito? Nunca es demasiado temprano para empezar. El trabajo de vendedor de botones es de los más difíciles del mundo. Hay que memorizar formas y colores de más de veinticinco mil botones.

En eso de la dificultad, el señor Carey no se equivocaba. Las cajas trepaban hasta el techo, pero lo que estaba a la vista de los clientes no era todo lo que había: los botones continuaban en el depósito, detrás de una cortina azul. Los clientes, en general mujeres, entraban con el botón en la mano, buscando dos, tres, cuatro que fueran iguales, y mi madre, después de estudiar el botón, trepaba a una escalera de madera para alcanzar la caja adecuada. Si mi madre no reconocía la pieza, lo que ocurría muy de tanto en tanto, se la pasaba a la señora Haydée, que mordía el botón ligeramente, y luego partía en su busca. Pero el gran momento llegaba cuando tampoco la señora Haydée reconocía el botón, y se lo pasaba al señor Carey. Esto ocurría solo dos o tres veces por año, y entonces en el negocio, habitualmente lleno de señoras que parloteaban, se hacía un grave silencio. Carey miraba, palpaba, olía el botón y luego partía hacia el fondo. Al regresar, parecía derrotado, pero era solo un poco de teatro; como un mago, mostraba de pronto, en su palma abierta, los botones idénticos, el tesoro hallado. Todos aplaudían.

A veces el señor Carey regalaba a mi madre piezas raras; entonces mi madre cambiaba los botones comunes y corrientes de mis camisas y abrigos por anclas plateadas, botones laqueados, discos que brillaban en la oscuridad. Yo protestaba porque no quería llamar la atención, pero mi madre me interrumpía:

—Los botones son el único lujo que nos podemos dar.

Después de que me interceptaran fui a El Palacio de los Botones para tratar de dar con algo que pudiera llevar de parte de Sanders. Le expliqué al señor Carey el problema, y me indicó que fuera al fondo, donde se guardaban, en grandes cajas de madera, botones sueltos, piezas únicas.

—Ese es el rincón de nuestras rarezas. Los botones para los que ya no existen abrigos en el mundo.

Hundí las manos entre las piezas y revolví bien hasta dar con uno dorado, chato, que me gustó. También busqué hasta dar con una caja parecida a las que enviaba Sanders, y puse en ella el botón. Esperaba que en la editorial no notaran la diferencia.

Y de hecho, en los días siguientes, nadie me reclamó, ni me regañó. Dos semanas después apareció la revista con la historia completa.

Cuando Montana está ya desesperado y a punto de escribir su testamento –algo bastante inútil, porque sólo tiene para legar sus pistolas y su caballo– entra un botones a la habitación. A pesar de su cargo, es un hombre entrado en años, con la espalda encorvada de tanto subir y bajar valijas. Montana le dice que ha caído en una trampa, y le señala, a través de la ventana, a los hombres que lo acechan con sus armas cargadas. El otro, calmo, le responde:

—Hay una trampa, sí, pero no es usted el que ha caído en ella, sino los otros. Usamos este hotel para atraer a los malhechores. Invitamos de tanto en tanto, con alguna excusa, a un pistolero legendario, como usted, o a un gran jugador de póker, para que los delincuentes de la zona vengan a robarle o a matarlo. Entonces sacamos nuestras armas:

el cantinero, el pianista, yo, Lucy, que es la chica que canta en el bar, algunos hombres del pueblo.

Montana no puede creer en la historia, hasta que oye los primeros tiros. Los que rodeaban el hotel caen como moscas. El viejo botones, que había salido a la calle armado con un fusil, entra en la casa, malherido. Montana se arrodilla ante él. Antes de morir el viejo botones le dice:

—Igual, ya estaba cansado de subir y bajar el equipaje.

Yo me maravillaba de que nada hubiera salido mal: de que nadie se hubiera enterado de la sustitución de la caja robada. La siguiente vez que me tocó ir a la casa de Sanders, lo hice sin miedo. Pensaba que él no tendría modo de averiguar que yo había puesto otro objeto en lugar del suyo.

La puerta se entreabrió, como siempre, pero cuando le tendí el sobre, nadie lo tomó.

—¿Señor Sanders? ¿Está usted allí?

Alargué el brazo para ver si Sanders se decidía a tomarlo. Cuando ya había pasado el codo, sentí que una mano de pájaro me aferraba la muñeca y me tiraba hacia adentro.

Sanders

Era alto y huesudo. Era viejo. Nada raro que su mano me hubiera parecido una garra: todo él tenía algo de pájaro. Vestía un traje ajado, una corbata negra, deshilachada. Me confesaría después que compraba su ropa en el Ejército de Salvación:

—Prefiero la ropa usada. Así no tengo que andar sacando etiquetas ni alfileres.

No sé cuánto ganaba como buscador de finales, pero en el vestuario no se iba su fortuna.

—¿Dónde las tiene? —pregunté.

—¿Dónde tengo qué?

—Las cosas.

—No son cosas. Son finales. Si se tratara de poner cualquier cosa en una caja, lo primero que uno encuentra en uno de esos cuartos y altillos apestosos donde las familias vulgares guardan sus recuerdos para tenerlos ahí encerrados y no recordarlos nunca más, entonces cualquiera podría hacer el trabajo. Hasta un niño estúpido.

Me hizo sentar frente a una mesa en la que había una botella de vino, un vaso y un mazo de cartas. El mazo, en realidad, estaba formado por cartas de mazos distintos. Empezó un solitario que, para mí, no tenía mucho sentido.

—Leí el final de Montana. El hotel trampa. No era mi final. Había una distancia.

—La imaginación de los guionistas es imprevisible.

Golpeó la mesa con furia. Las cartas saltaron.

—¡Lo único imprevisible es su descaro! ¡Engañarme a mí, a Sanders, al buscador de finales! Sin mentiras: dígame qué pasó.

—Fui interceptado.

—¿Y no lo confesó?

—Tenía miedo de terminar como cadete interno. De piso en piso. A mí me gusta salir.

—¿En serio le gusta salir, ir por la calle, ver la cara de la gente, venir acá?

—Me gusta ir a cualquier parte. También aquí.

Se quedó unos segundos cavilando.

—¿Y entonces? ¿Qué puso en la caja?

Describí el botón dorado, brillante, pulido. Un espejo redondo.

Sanders se sirvió un vaso de vino.

—Otros lo intentaron antes, pero les salió mal. Los guionistas se dieron cuenta. Pero esta vez ellos no lo notaron, lo que significa que usted tiene algo de intuición. No la suficiente: hay que pulirla, trabajarla. Mientras tanto, lo pondré a prueba.

—¡A prueba! —grité, imitando involuntariamente al jefe de cadetes.

Me miró con extrañeza.

—¿Siempre da esos gritos, así de repente? Escuche bien: no me va a venir mal un asistente. No es que esté viejo, pero… Venga el jueves.

—¿A la tarde?

—A la noche. Los finales siempre se buscan de noche.

Oficina de Objetos Perdidos

Mi madre me despertó al día siguiente con el uniforme ya remendado. Lo dejó, lavado y planchado, sobre la silla de mi cuarto. Antes de salir dijo la frase temible:

—Además, tuve que cambiarle los botones.

Decidí levantarme de una vez, para saber a qué iba a tener que enfrentarme: los anteriores botones, sobrios y grises, habían sido reemplazados por soles dorados.

—Mamá, no puedo ir al trabajo con esos...

Mi madre me interrumpió: no acostumbraba a discutir sus decisiones sobre botones:

—Hablando de trabajo, el señor Carey te ofrece un empleo en el depósito. Para poner orden en ese lío.

—Vamos, mamá. No existe en el mundo un sitio más ordenado que el depósito del señor Carey.

—¡Pero el otro día apareció un botón de camisa en la caja de los botones forrados! Al señor Carey casi le da un ataque al corazón.

—No puedo, mamá. Ya tengo un trabajo.

—Pero ese trabajo te obliga a estar en la calle. El frío, la lluvia, los automóviles...

—Me gusta mi trabajo. Además el señor Sanders me ha pedido que me convierta en su asistente.

—Eso está muy bien. Suena mejor asistente que cadete.

Todos los días eran agotadores: primero el colegio, luego la editorial y subir y bajar escaleras con guiones, con fotos, con colecciones de revistas viejas. Llegué a la casa de Sanders con la esperanza de que el viejo cancelara su invitación. Pero apenas golpeé el buscador salió con un manojo de llaves.

—Nos vamos.

—¿A dónde?

—A buscar un final. Dos finales en realidad; uno para una historia de amor, otro para un naufragio.

—Pensé que encontraríamos los finales en su casa.

—¿En mi casa? ¿Cómo voy a tener finales en mi casa?

Yo había abierto las cajas y no había encontrado nunca nada que no pudiera encontrarse en cualquier casa.

—Pensé que sacaba las cosas del fondo de los cajones.

—Las cosas no se pueden sacar de cualquier parte.

Caminamos por una avenida. Él se protegía de la lluvia con su gran paraguas negro; yo me mojaba.

Habremos caminado unas doce cuadras. La lluvia no cedía. Llegamos a un edificio gris, pintado con paciencia por los años y el hollín. En lo alto colgaba una bandera desteñida. En una deslucida placa de bronce, leí: Oficina de Objetos Perdidos.

Sanders ya había sacado de su bolsillo un manojo de llaves y estaba abriendo la puerta. Sentí el frío de los lugares deshabitados. Encendió la luz y los tubos fluorescentes empezaron a zumbar e iluminaron lo que parecía un gran depósito. Los estantes trepaban hasta el techo. También había largas mesas de madera. En los estantes había toda clase de cosas: paraguas, zapatos, maletines, libros, máscaras de carnaval, máquinas fotográficas. Todo era viejo.

—¿Qué es esto? —pregunté.

—Aquí se reunían todas las cosas que se perdían en la ciudad. En los asientos del tren, en las butacas de los cines, en los bancos de las plazas: todo lo que no tenía dueño venía a parar aquí. Cuando uno dejaba olvidado un libro en el vagón de un tren, venía acá a ver si estaba.

—Pero ya no se usa más.

—No. Al final terminaron por cerrar la Oficina. Desde entonces es toda para mí.

—Sanders miraba a su alrededor como si se tratara de un palacio, y no de un edificio deprimente y helado—. Hace un cuarto de siglo que vengo a buscar mis finales. Porque solo sirven como finales las cosas perdidas, las cosas que llegan por casualidad.

Mientras yo recorría la planta, Sanders hacía su trabajo. No caía en trance ni se dejaba arrebatar por espíritus; se limitaba a pasear entre las mesas y los estantes como si mirara aquellas cosas por primera vez. Para la historia de amor eligió un disco de pasta que parecía muy rayado; para la otra historia *–El naufragio del Capitán Corti–* eligió una oxidada lata de té.

—Rápido —lo elogié.

—Siempre trabajo rápido —me respondió con su habitual mal modo—. El frío se siente en los huesos. Y en verano el sol pega sobre el techo de cinc y esto se convierte en un horno. Además hay murciélagos.

Caminamos juntos un par de cuadras en silencio y luego nos despedimos.

Los números especiales

A partir de entonces, Sanders empezó a permitirme que de vez en cuando lo acompañara. Seguía trabajando en la editorial, pero alguna noche, luego del trabajo, iba con él a la Oficina de Objetos Perdidos.

—En vez de mirar lo que hago debería buscar armas para defenderse de los interceptadores.

—No veo ningún arma —dije. Pensaba en rifles de aire comprimido, honderas, arcos y flechas.

Tomó un paraguas automático.

—Es lo que más abunda en las Oficinas de Objetos Perdidos de todo el mundo. Con una pequeña transformación quedan convertidos en armas mortales.

Sanders buscó una pinza y se puso a trabajar en un viejo paraguas. Luego hizo una demostración. Oprimió el botón y la parte superior del paraguas pasó volando sobre mi cabeza. Prometí que llevaría siempre un paraguas así conmigo. No cumplí.

Llegó el invierno y Sanders se enfermó, justo en el momento en que el material se acumulaba. En los meses de frío las ventas subían bruscamente, porque abundaba la gripe, muchos estudiantes iban a parar a la cama, y los padres les compraban revistas para que no molestaran. Cuando subían las ventas el director de la revista se reunía con sus colaboradores y alguien levantaba la mano y decía:

—Hora de hacer un número especial.

Y hacían un número especial de ochenta páginas, debido al cual los guionistas y los dibujantes y los cadetes y el señor Sanders debíamos trabajar horas extras.

Sanders estaba con fiebre, en cama, y me dijo:

—Creo que deberá ir solo a la Oficina.

Y fui solo, en medio de la noche. Los ruidos de los murciélagos me sobresaltaban. Pensé en las historias que me tocaba concluir y elegí los objetos que me parecieron adecuados: una vieja guía de la ciudad, una taza de porcelana, un guante negro.

Los números especiales salieron en la fecha prevista y Sanders me felicitó. No fue una felicitación común, pero yo lo tomé como si lo fuera. Miró las revistas publicadas y dijo:

—Bien.

No hubo ninguna otra ceremonia, pero yo sabía que había sido aceptado como buscador de finales.

Paciencia

Que yo supiera, Sanders no se veía con nadie de la editorial (ni del mundo), pero de algún modo se comunicaba con el señor Libra, el dueño, porque yo noté que me empezaban a tratar mejor. Ya no me encargaban otros trabajos, solo las visitas a la casa de Sanders. A veces el viejo me hacía advertencias misteriosas:

—No hable de las búsquedas en la editorial. Hay muchos informantes pagados por la Agencia.

—¿Qué agencia?

—Agencia Últimas Ideas. Mis rivales. ¿De dónde piensa usted que salen los interceptadores? De la Agencia misma. Ellos se han ido apoderando de todo. Buscan finales para todas las otras editoriales, para las películas. Serían dueños de todos los finales si no fuera por la Editorial Libra, que sigue confiando en mí. El dueño, Jacobo Libra, era mi compañero de banco en la escuela primaria, y ya en ese entonces yo le buscaba los finales para sus redacciones y sus cartas de amor.

—¿Usted sólo busca finales para la editorial?

—No, también para Salerno, el escritor. Marcos Salerno, imagino que lo conocerá. Una vez por año paso por su oficina, me entrega el manuscrito y le entrego su final. Hemos hecho así por años. Pero hace ya un tiempo que no escribe nada.

Ahora que ayudaba a Sanders, el trabajo se hacía más rápido, y de pronto me encontraba con dos o tres días en los que no se necesitaba ningún final. Uno de esos días, el jefe de cadetes me hizo un encargo fuera de mi recorrido habitual: debía llevar una encomienda a una dirección en el centro. El encargo me alarmó, porque me había creído fuera del circuito de los cadetes. Era uno de esos viejos edificios de oficinas con una galería en la planta baja que cruzaba la manzana. Había mucha gente esperando el ascensor –funcionaba solo uno– así que subí por las escaleras hasta el tercer piso. Con asombro descubrí un cartel con el dibujo de una lamparita y el nombre de la empresa: Agencia Últimas Ideas.

Empujé la puerta de vidrio. Cuando dije que venía de la Editorial Libra la secretaria me hizo pasar a una oficina. Sentada frente a un escritorio había una mujer que llevaba un alto peinado fijado con spray. Su escritorio estaba lleno de planillas y de vasos de papel con restos de café. En un cartelito estaba su nombre:

PACIENCIA BONET
DIRECTORA GENERAL

—Pase, señor Brum.

—¿Cómo sabe mi nombre?

Tomó la caja que yo traía y la tiró por la ventana sin ver qué había dentro.

—No ponga esa cara. Les pedí que pusieran cualquier cosa en el paquete. La cuestión era que usted viniera hacia aquí.

—Pero la gente de la calle…

—Las posibilidades de que uno le acierte en la cabeza a alguien son remotas. Créame: tiro cosas todos los días. A veces hasta me deshago de muebles a través del sencillo trámite de tirarlos por la ventana.

Me tendió la mano. Yo me saqué los guantes, porque sabía que era de mala educación dar un apretón de manos enguantado. Entonces sentí la peor descarga eléctrica de mi vida. Ella, que no había sentido nada, se rio con ganas.

—Siempre tuve carga negativa. Y en exceso. Mi marido, una vez, justo cuando estaba subido a una altísima escalera, tuvo la mala idea de pedirme que le alcanzara una lamparita. No se había puesto guantes para hacer el trabajo y me rozó la mano. Ay... antes de que mi marido se viniera abajo, la lamparita se encendió en mi mano. ¿Puede creerlo?

—¿Y su marido?

—A pesar de mi juventud soy viuda, señor Brum.

Nos sentamos, mientras me frotaba la mano chamuscada.

—Vamos al punto. Quiero que trabaje para mí.

—Ya tengo trabajo.

—En la editorial cobra muy poco. Y Sanders no le está pagando nada.

—Estoy aprendiendo.

—El método Sanders no sirve de nada. No es científico. Yo confiaba en que el viejo aguantara un par de meses más y luego renunciara. Pero ahora que lo tiene a usted... es como si hubiera recuperado las fuerzas.

—¿Por qué le preocupa tanto Sanders? Él apenas trabaja con la Editorial Libra...

—Y con Salerno, no se olvide. Es el escritor más famoso de la ciudad, y le sigue encargando los finales a Sanders. ¿De qué sirve nuestro prestigio, nuestro método científico, si no tenemos a Salerno? Y no hay modo de convencerlo: los viejos son muy apegados a lo que ya conocen, no quieren saber nada de experiencias nuevas... Venga conmigo.

Abrió una puerta y me encontré con lo que parecía la redacción de un periódico. Separadas por mamparas, encerradas en cubículos, había decenas de personas trabajando. Escribían a máquina, hacían cuentas, consultaban mapas, guías de la ciudad, planillas, hablaban por teléfonos negros. Algunos hacían las cuentas con los dedos, otros usaban calculadoras o ábacos.

—Se supone que buscan finales. ¿Por qué hacen cuentas?

—Yo desarrollé el método Bonet. ¿Ha oído hablar de él?

Negué con la cabeza.

—Es un procedimiento científico para averiguar el final adecuado para una historia. Consiste en encontrar el coeficiente de la historia, que es un número. Puede ser el 417, por ejemplo, o el 10.032. Ese número es el alma de la historia. Y a ese número le corresponde un final equis.

—¿Y cómo se llega a ese número?

—A través de operaciones matemáticas. Todos los elementos de una historia cuentan: unos suman, otros restan. Tomemos un ejemplo famoso: Caperucita. A mí me gusta mucho la historia de Caperucita porque yo, a pesar de que ya soy mayor de edad, aunque no se me note, y a pesar de mis contactos con las altas esferas del poder, soy en el fondo una niña inocente que trata de llegar al otro lado del bosque.

En una hoja anotó lo siguiente:

El bosque: 70.

El lobo: 18.

Color rojo: multiplicar por dos.

Abuelita: 1.

Hubo otros elementos más que no llegué a leer, pero al final:

—Por cinco, dividido 3… 421.

Una vez que tuvo el número, la señora Bonet consultó un libro de tapa negra en cuya portada se leía: Manual Universal de Finales, por Paciencia Bonet. Pasó las páginas con prisa:

—Aquí está el final que buscábamos: "Y fueron felices y comieron perdices". Y sin necesidad de pasar frío entre objetos perdidos.

—¿Todo ese método para llegar al típico final feliz?

—¿Feliz? No para las perdices.

Paciencia Bonet me acompañó hasta la puerta.

—No le pido que tome una decisión ahora. Pero si no me llama en un par de días, tal vez decida arrebatarle al viejo Sanders su Oficina de Objetos Perdidos. Ya sabe —señaló el techo— tengo mis contactos en las altas esferas… No me haga esperar mucho, no confíe en mi nombre. Somos tres hermanas y mi padre decidió ponernos de nombre las tres cosas que hacen falta en la vida: Plata, Salud y Paciencia. Pero se equivocó con las tres: Plata es pobre, Salud vive enferma y yo, señor Brum, soy muy impaciente.

Un cuaderno amarillo

Decidí no decirle nada a Sanders de mi visita a la agencia, ni de la amenaza de Paciencia Bonet. Tenía miedo de que el viejo, asustado por la posibilidad de que desapareciera el lugar de sus tesoros, me impidiera seguir. Pero cada día estaba tan lleno de cosas nuevas como de botones la tienda del señor Carey. Y acabé por olvidar la amenaza.

El día que empezaba el invierno, el señor Sanders me recibió de traje y corbata. Olía a naftalina.

—Hoy es un gran día, muchacho. Vas a conocer a Marcos Salerno.

Durante medio siglo Salerno había publicado una novela por año y, a pesar de que a veces sus libros eran difíciles de leer, todos los leían. Era famoso por sus finales, sorpresivos pero a la vez tranquilos y melancólicos. A los lectores les daba tristeza que el libro terminara. En todos esos finales había sido auxiliado por Sanders, su viejo amigo.

La particularidad de Salerno era que escribía sus libros en cuadernos escolares. Elegía siempre los mismos, marca Greco. Tenían 48 hojas, tapa dura, y una cubierta del llamado "papel araña". Salerno tenía muy buena letra e insistía en que sus libros imitaran a la exactitud sus cuadernos, de tal manera que quien tomara uno de sus libros encontraba un texto escrito a mano, que parecía un borrador. Los lectores tenían la ilusión de tener en sus manos un original de Salerno. Cada año, los libros-cuadernos de Salerno llevaban un color distinto. Todo esto me lo contaba Sanders en el camino. Yo sabía mucho de historietas, poco de libros.

—¿Y ahora tiene que buscar un final para Salerno?

—Así es. Pero este no es cualquier final, no es uno más de sus libros. En primer lugar, hace dos años que no entrega un manuscrito a la imprenta, por lo que se espera su nuevo trabajo con mucha excitación. Pero además Salerno lanzará su nueva obra en un cuaderno vacío.

—Entonces nadie lo va a leer…

—Vacío a primera vista… porque la editorial utilizará tinta termosensible. A medida que el cuaderno sea expuesto a la luz se va a llenar de letras. Y de letras que corresponden a la caligrafía de Salerno.

Llegamos caminando a lo que parecía una vieja librería. Estaba casi enfrente de El Palacio de los Botones, así que entré velozmente, para no correr el riesgo de que me vieran ni el señor Carey ni Haydée ni mi madre, que me detendrían con su charla interminable. Al entrar en la librería casi tiro al suelo al señor Sanders, que trastabilló.

—¡Más cuidado, muchacho!

En la librería solo había cuadernos, que eran en realidad los libros de Salerno.

La dueña de la librería, la señora Greco, heredera de los mayores fabricantes de cuadernos de la ciudad, llevaba hasta tal punto su fanatismo por la empresa familiar, que para recibir visitas se ponía vestidos cuya tela repetía el diseño arácnido de los cuadernos.

—Señor Sanders, qué alegría tenerlo por aquí —dijo la señora Greco—. Salerno lo está esperando.

—Me llama la atención su vestido, María Rosa —dijo Sanders—. ¿No la asustan las arañas?

—Es que, en materia de cuadernos, no hay mucho para elegir. O me visto con arañas o con renglones.

Pensé que íbamos a pasar a un gran salón, pero la señora Greco nos llevó a un comedor diario. Ahí estaba el viejo escritor, abrigado con varias capas de pulóveres y bufandas. No se apartaba de las hornallas, en las que silbaba una pava.

—Hace un frío espantoso —dijo Salerno.

—No me parece que haga frío —le contesté.

Sanders me señaló y dijo, a modo de presentación:

—Este impertinente es mi ayudante.

—¿Ayudante? Ay, Sanders, lo va a necesitar. He oído rumores.

—¿Qué rumores?

—Venga, acérquese al fuego. Usted es un muchacho grande como yo, el frío nos hace mal. La Oficina de Objetos Perdidos va a ser demolida. En su lugar el gobierno construirá la Secretaría de Terrenos Baldíos.

Sanders no le dio importancia al asunto.

—Ah, si es por eso, no se preocupe. Todos los años amenazan con lo mismo.

—Pero esta vez… ¿usted podría trabajar en otro sitio?

—Ya estoy viejo, tengo mis manías. Cuando llegue la topadora, abandono el oficio.

Salerno le tendió un cuaderno escrito a lápiz. El cuaderno tenía las tapas amarillas. Papel araña.

—Voy a ponerme a trabajar ya mismo… —dijo Sanders. Iba a guardar el cuaderno cuando Salerno lo retuvo:

—Esta no es una historia más. Este cuaderno es muy importante para mí. Hace tiempo que no escribo nada, y como eran tan fuertes los rumores... le pedí también un final a la Agencia.

Se hizo un silencio tan absoluto que hasta la pava dejó de silbar. Sanders no podía creer lo que estaba oyendo.

—¿Usted le pidió un final a la Agencia? ¿A Paciencia, a esa bruja aritmética que ha hecho todo lo posible por acabar conmigo?

—No quiero ofenderlo. Lo hice por las dudas. Por si demolían la Oficina de Objetos Perdidos.

—¿Y cuál usará?

—El mejor.

Sanders tomó el cuaderno en sus manos. Lo estudió. Durante unos segundos, pensé que se lo iba a devolver.

—¿Cuánto tiempo tenemos?

—Una semana. Hay tiempo hasta el otro viernes, a medianoche.

—En una semana tendrá aquí el mejor final.

—No quiero el mejor. Quiero el más apropiado.

El escritor le tendió la mano. Sanders, ofendido, no aceptó el saludo. Salimos de la casa. Sanders parecía tan furioso que no me animé a hablarle hasta después de un buen rato.

—¿Y si los rumores son ciertos? —le pregunté.

—Entonces deberíamos ir ahora mismo a la oficina. Pero estoy cansado.

Nos despedimos. Me di vuelta para ver a Sanders, que se alejaba con un paso demorado por la tristeza y la frustración. El cuaderno amarillo era lo único que brillaba en el día gris.

Los objetos perdidos se pierden de verdad

Al día siguiente Greve, el jefe de cadetes, me recibió con estas palabras:

—Me parece que pronto volverá a subir y bajar escaleras.

—¿Sanders me echó?

—Circulan rumores de que Sanders ya no cuenta. El dueño de la editorial va a contratar a la Agencia.

Greve parecía feliz con el cambio. Seguro que era uno de los agentes de Paciencia Bonet.

Me apuré a ir a la casa de Sanders, para saber si los malos augurios de Greve tenían algo de cierto. Pero el viejo estaba perfecto, saludable, y con más energías que de costumbre.

—A la oficina —dijo, y empezó a caminar con paso tan rápido que me costaba seguirlo.

A las dos cuadras el polvo que flotaba en el aire me hizo estornudar. A los cien metros vi las topadoras, ahora inmóviles bajo la llovizna, cansadas después de haber trabajado todo el día. Del edificio no quedaban más que escombros. Construir una casa lleva mucho tiempo; tirarla abajo, un rato. Miré a Sanders, que estaba impasible.

—La culpa es mía.

—¿Suya?

—No se lo dije. Paciencia me llamó. Me dijo que, si no me iba a trabajar con ella, demolería todo. No le dije nada, tenía miedo de que usted me echara.

—No se preocupe —dijo el viejo. Siempre parecía furioso, ahora que había un motivo para estarlo, hablaba con suavidad—. Lo hubieran hecho de todos modos. La agencia tiene redes poderosas.

De regreso, me detuve en un puesto de diarios. En primera página se leía:

"Duelo de Buscadores: Paciencia *Vs.* Sanders"

—¿Duelo? —se preguntó el viejo—. Más bien va a ser una ejecución.

Una vez en su casa, me sirvió un té.

—No nos van a servir ni mis objetos perdidos ni sus botones. Habrá que pedir ayuda.

—¿A quién? —pregunté—. Nadie más sabe de estas cosas.

Sanders dio un sorbo a su taza. Le costaba decir lo que tenía que decir.

—Al único que nos puede ayudar. Mi viejo amigo, mi viejo adversario.

Buscó en la biblioteca un recorte de diario que estaba entre las páginas de un libro. Era una foto de un hombre disfrazado de chino, con las ropas lujosas de un mandarín, bigotes finitos y un bonete alto. Al pie de la foto decía:

Míster Chan-Chan, adivinador de finales.

—Ese era el nombre con el que actuaba en los teatros cuando lo conocí. Hacía un espectáculo junto con un hipnotizador, un tal Arenas, y unas bailarinas. Los menores tenían prohibida la entrada.

—¿Y cuál es su verdadero nombre?

—Julio César Molinari. Pero decir el nombre verdadero de un artista es difamarlo. El arte es un sueño de máscaras y nombres inventados.

Existía una esperanza; las esperanzas nos ponen impacientes.

—¿Y vamos a verlo ahora?

—¿Ahora? No, vive lejos, en Finlandia.

Justo estaba estudiando en el colegio los países nórdicos, así que quise lucirme.

—Finlandia es un país de la península nórdica, que limita con…

—Sí, sí, todos los países limitan con algún otro. De todas maneras, mi inexperto Atlas, no vive en esa Finlandia, sino en Finlandia Sur. Está a quinientos kilómetros de aquí. Yo no puedo ir.

—¿Por qué?

—Tengo la entrada prohibida. Soy un buscador de finales. Hace un cuarto de siglo que en Finlandia Sur todo aquello que tenga que ver con finales está prohibido. Así que el que tendrá que hacer el trabajo… es usted.

Nunca había viajado solo a ninguna parte. Además…

—¿Yo? Ni siquiera conozco la historia de Salerno.

Sanders me tiró el cuaderno amarillo, que brilló en el aire, antes de caer en mi cabeza.

—¿Y cómo lo busco?

—Una vez me mandó una carta que no decía casi nada. Adiós, o algo así. Pero estaba escrita en una hoja de papel con el membrete del Hotel Las Nubes, de Finlandia Sur. No sé si seguirá existiendo.

PREPARATIVOS DE VIAJE

Costó convencer a mi madre de que me dejara viajar. Tuve que decirle que era la editorial la que me mandaba. Mi madre leía desde niña las revistas de la editorial: había empezado con revistas para niñas, luego había seguido con las que tenían juguetes troquelados para armar, más adelante las fotonovelas, y ahora las de tejido y cocina.

—A lo largo de los años, nunca encontré una escena inconveniente o una mala palabra.

—Mamá, leés revistas de cocina. ¿Qué mala palabra puede haber?

—Los cocineros a veces se queman y dicen cosas terribles. En las páginas de las revistas de Libra, lo más fuerte que encontré fue un ¡caramba!

Insistió en prepararme el equipaje con ropa que me hubiera permitido sobrevivir varios años en una isla desierta. Cuando tuve oportunidad, reduje los numerosos bultos a una sola valija marrón que había sido de mi padre y en la que todavía seguían pegadas calcomanías de hoteles y de barcos.

El señor Carey insistió en darme una bolsa de terciopelo negro llena de botones de diferentes formas y tamaños.

—Me voy por cuatro o cinco días. No voy a usar tantos botones.

—Lleve la bolsa, hágame caso. Botones, hilo y aguja son cosas que nunca están de más.

Y así partí en tren a Finlandia Sur, con la valija de mi padre, una bolsa llena de inútiles botones y el cuaderno amarillo. Apenas el tren arrancó me puse a leer el relato de Salerno.

Vulcandria

Contaré con mis propias palabras lo que recuerdo de aquel relato. La historia era así:

El señor Voss vivía en una casa baja ubicada entre dos edificios. A nadie le hubiera gustado vivir rodeado de altos edificios de oficinas, pero el señor Voss encontraba en esta situación ciertas ventajas. Los domingos el barrio era tranquilo –más que tranquilo, muerto– y además estaba muy cerca de su trabajo. Podía ir y volver caminando. Esto era de suma importancia para el señor Voss, porque le permitía ser absolutamente puntual. Los trenes, los taxis y los ómnibus podían fallar a causa de calles cortadas, huelgas sorpresivas o accidentes, pero era improbable que un obstáculo le impidiera su marcha a pie.

La puntualidad era un asunto de la mayor importancia. Cada cinco años, la empresa para la que trabajaba el señor Voss entregaba a uno de sus empleados la medalla a la puntualidad. Y en el último cuarto de siglo –el tiempo que llevaba trabajando en la empresa– el señor Voss había ganado todas las medallas (en cuyo frente estaba representado el cuadrante de un reloj).

Desde luego, el señor Voss era soltero –nada menos compatible que el amor a la puntualidad y las mujeres– y no tenía hijos. Vivía entregado a su trabajo. Su labor consistía en presentar largos informes sobre el funcionamiento de la empresa. A veces sus informes resumían otros informes, enviados desde otros puntos del país, a los que despojaba de todo aquello que consideraba imprecisiones y fantasías. Las autoridades de la empresa confiaban mucho en la exactitud del señor Voss. Cuando se lo cruzaban en los pasillos o en el ascensor, lo felicitaban por sus rígidos criterios. A veces el señor Voss se permitía una pequeña jactancia:

—Si de algo me precio, es de ser un hombre sin imaginación.

Pero en general, para cuando Voss se animaba a articular con claridad estas meditadas palabras, las autoridades ya se habían alejado, apremiadas por sus obligaciones y responsabilidades.

Una tarde de invierno el señor Voss salió de su oficina, como todos los días, a las seis, y antes de las seis y media ya estaba en su casa. Como había oscurecido, el señor Voss encendió una lámpara y luego de hacerse una taza de té se dispuso a leer una biografía de Napoleón. Era un libro polvoriento de seiscientas páginas, que el señor Voss leía con lentitud, porque cada día olvidaba lo que había leído el día anterior. Aunque era una biografía documentada, el señor Voss notaba que en la Historia ocurrían no pocos hechos increíbles, y que debería ser la obligación de los historiadores silenciarlos. Que todo sonara bien real, aunque para ello se debiera perder algún hecho. Total, si había algo que en la Historia abundaba eran los hechos. Ya casi había terminado su té cuando oyó golpes en la puerta.

"Qué raro", pensó el señor Voss. "Hoy no espero a nadie".

En realidad nunca esperaba a nadie.

Abrió la puerta sin tomar la mínima precaución de preguntar quién era. A veces el señor Voss tomaba decisiones de improviso, que consideraba audacias extremas; una vez, muchos años atrás, había pedido en un restaurante un plato de nombre extranjero sin preguntar antes qué era.

Iluminado por el farol de la calle, se veía a un hombre que parecía un antiguo guerrero con una armadura hecha de lava. Tenía una oreja vendada. El señor Voss lo miró una y otra vez y al final se puso rojo de indignación. ¡Los pordioseros recurrían cada vez a trajes más extravagantes! De todos modos recompensaría al pobre hombre. Buscó en su bolsillo una moneda, pero el otro hombre ni siquiera la miró.

—¡El nombre, el nombre! —repitió el estrafalario personaje, apretando los dientes.

—¿Qué nombre?

—¡El nombre de la ciudad!

El señor Voss pensó que estaba ante un loco peligroso y le cerró la puerta en la cara.

Un poco nervioso por la situación que acababa de vivir, se sentó en su sillón amarillo –alguna vez había sido amarillo y ahora era gris– y se dispuso a tomar una segunda taza de té. ¿Pero si la escena había sido una alucinación provocada justamente por el té? Después de todo era un té chino que acaba de comprar. ¿Y quién controla a los chinos cuando preparan sus envíos de té?

El señor Voss puso la cabeza entre sus manos y se puso a pensar que todo eso no le era tan ajeno como parecía. El guerrero, su armadura hecha de lava (y si había lava, debía haber un volcán), el reclamo por el nombre de la ciudad… A los diez años, ¿acaso no había imaginado algo semejante? ¿No había hecho dibujos de una ciudad llamada Vulcandria, una ciudad cuya vida dependía de un volcán? El calor de las profundidades de la tierra hacía mover las máquinas y alimentaba las plantas de los invernaderos. Fuera de Vulcandria todo era frío.

En estas cavilaciones estaba el señor Voss cuando volvieron a golpear a la puerta. Esta vez tomó la precaución de espiar por la mirilla. Era otro guerrero, pero este parecía más maltrecho que el anterior. Un tajo negro le cruzaba la frente.

—Vulcandria pronta a caer. Abajo: hombres topo. Cañones de hielo sobre el volcán. El nombre, el nombre.

Hablaba así, como si estuviera acostumbrado a transmitir telegramas, o como si las palabras se le hubieran ido perdiendo por el camino y solo le hubieran quedado las más importantes. El señor Voss no se animó a abrir la puerta. Gritó: ¡Vulcandria!, pero eso no conformó al guerrero.

—Ese nombre no, el otro, el secreto. El que enciende el volcán.

¿Así que el volcán se había apagado? El señor Voss imaginaba que debía haber alguna dependencia ministerial que se ocupaba de los volcanes y los terremotos, una oficina de catástrofes o algo por el estilo. Lo seguro era que no era asunto suyo.

Se apartó de la puerta y fue hasta un gran armario, en cuya parte superior había unas cajas viejas con cosas de su infancia. Encontró una caja de cartón llena de cuadernos y dibujos. "¡Qué insensatez, imaginar una ciudad!", pensó mientras miraba sus viejos papeles. "¡Si mis jefes en la empresa llegaran a enterarse!".

Ahí, frente a él, estaban aquellos cuadernos cuadriculados que él había olvidado por completo. La niñez está llena de cosas accesorias, portátiles e inútiles. Con cuánto detalle había dibujado murallas y guerreros y sistemas defensivos y la exuberante botánica volcánica. Qué cuidado en la redacción de la Historia de Vulcandria, con sus dinastías de reyes y sus grandes batallas. Cuando tenían que comunicar a sitios lejanos una victoria, los vulcandrios –si era así como se llamaban– enviaban bandadas de cuervos mensajeros.

Aunque buscó y buscó, el señor Voss no encontró en ninguna parte el nombre secreto de la ciudad. Tal vez no lo había escrito y había confiado en su memoria. A esa edad, uno cree que no olvidará jamás las cosas que cree importantes. Pero dos meses después todo queda borrado.

Encontró también dibujos de los enemigos. Los hombres topos, que socavaban los cimientos de la ciudad, y a quien nadie había visto, pero cuyos ruidos y voces se dejaban oír bajo las tablas del suelo. Los guerreros de hielo, empeñados en congelar Vulcandria con sus cañones que disparaban témpanos. Los defensores tendrían que arreglárselas solos, porque él había renunciado a esas cosas. Sus méritos eran de otra clase. ¡Cinco medallas consecutivas a la puntualidad! ¿Sabrían valorar esos guerreros moribundos lo que eso significaba? ¡Mucho más que cien batallas, y que todos los delirios de la imaginación de un niño! Que insistieran, él no abriría la puerta. Todo tenía un límite.

Tan molesto estaba que se sirvió un vaso de leche y se puso su viejo pijama de franela azul para ir a dormir. Se enviaba a sí mismo a la cama sin comer, como castigo por toda aquella fantasía. Ningún niño debe escapar a su castigo, aunque este tarde años, aunque el castigo lo alcance ya maduro.

Pero volvieron a oírse golpes en la puerta.

Ahí se interrumpía el manuscrito. Miré la página con la sensación de que ahí estaba escondida no solo la historia del señor Voss y su reino amenazado, sino también la historia que me esperaba. ¿Quién no ha sentido alguna vez que todo lo que ha de sucederle ya está escrito, pero con una letra ilegible o en un papel arrugado o en un idioma incomprensible?

Finlandia Sur

Llegué a una estación desierta. Cerca de allí estaba la calle de los hoteles; busqué entre los carteles el del Hotel Las Nubes, la única pista que tenía para encontrar a Julio César Molinari, alias Míster Chan-Chan.

El hall del hotel estaba vacío; las moscas zumbaban atrapadas en cortinas amarillas. Apareció una mujer que llevaba un pañuelo en la cabeza; se secaba las manos en un repasador.

—Buen día. ¿Tiene cuartos libres?

La mujer lanzó una carcajada.

—Quien tiene cuartos, los tiene libres. Ya nadie visita Finlandia Sur.

—¿Por qué no?

—¿No lo sabe? ¿Acaso se bajó del tren porque se equivocó de estación?

—No. Es aquí adonde quería venir —le contesté.

Me tendió una tarjeta de cartón, donde los pasajeros del hotel anotaban sus datos.

—¿Viene a estudiar? ¿O es de esos curiosos que a veces nos visitan para ver si es verdad que en los cines dan películas que no se terminan, y que a los libros les faltan las últimas páginas?

Anoté mi nombre y le entregué la tarjeta.

—No —respondí—. Estoy buscando a Míster Chan-Chan.

Se le borró la sonrisa de la cara.

—¿Para qué lo busca? —preguntó de mal modo.

—Estoy investigando la historia de los viejos teatros de variedades, y sé que él hacía un show, con un traje chino rojo y con dragones dorados…

La mujer miró por la ventana, como si Míster Chan-Chan estuviera por aparecer de un momento a otro.

—Espero que lo busque por eso, y no por lo que realmente es…

No sé si la señora hubiera completado la frase, pero algo la interrumpió: una voz joven, pero grave y seria, la voz de quien nunca ha dejado los deberes sin hacer, nunca se fue a dormir sin cepillarse los dientes, nunca salió a la calle sin atarse el pelo con una cinta amarilla…

—…un buscador de finales… —dijo la voz.

El vestido azul estaba tan almidonado que crujía; y dentro de esa armadura de almidón y tablas estaba la muchacha más hermosa que yo hubiera visto. Por un momento imaginé que no haría falta colgar ese vestido de una percha; bastaba con dejarlo en un costado de la habitación, de pie, como una armadura. Una sonrisa le hubiera venido de maravillas a aquella chica, pero tenía el gesto tenso de quien está a mitad de camino entre una Obligación Importante que ha dejado atrás y un Asunto Urgente que la espera. Le sonreí sin que me sonriera, la miré sin que me mirase.

Ante la chica no podía mentir, así que dije que era un buscador de finales, y que buscaba al mejor de todos, Míster Chan-Chan, para el trabajo más difícil.

—La gente le contaba una historia y él entonces acertaba con el final. Y decían que los finales que contaba eran mejores que los que la gente recordaba, le daban sentido a lo que habían vivido... Después trabajó para la radio, enviando finales en cajas de cartón. Y de pronto un día desapareció para siempre...

La chica asentía con cierto aburrimiento, como si yo repitiera algo que decenas de personas antes de mí ya habían dicho, en tardes iguales a esa.

—Míster Chan-Chan renunció a todo eso. No quiere que le recuerden el pasado. Él se ha hecho enemigo de todos los finales. No querrá saber nada con vos.

—¿Él te dijo que me dijeras eso?

—No. Él no habla con nadie desde hace años.

Seria como había llegado se retiró; era tan grave su aspecto que sentí el impulso de saludarla con una reverencia.

La señora se quedó mirando a la chica que se iba.

—Esa chica, ¿conoce a Míster Chan-Chan?

—Claro que lo conoce. Es su hija Alejandra. Pero hace tiempo que no se ven. Bueno, en realidad Míster Chan-Chan no ve a nadie. Tampoco a mí, que soy su hermana mayor, María Elena Molinari.

—¡Su hermana mayor! Entonces debe saber…

—Entonces no sé nada. Ahora vaya a dormir. Y no se sorprenda de que sus sueños no tengan final.

Una página rota

A la mañana siguiente, cuando fui a desayunar, la muchacha me estaba esperando.

—Creí que no querías hablar conmigo.

—Lo pensé mejor. ¿En serio estás dispuesto a buscar a Míster Chan-Chan?

—A eso vine. Pero la única pista que tengo es este hotel.

Me miró con gravedad. Me di cuenta de que por unos segundos ella había esperado que yo tuviera la respuesta.

—Yo también vine a buscarlo, hace quince días. Estaba esperando cumplir los 16, que mi mamá me dejara viajar. Mi padre vino a esta ciudad cuando se fue de casa, hace seis años. Se alojó en este hotel. Estuvo unos días en el cuarto en el que estoy ahora.

—¿No le dijo nada a tu tía?

—Apenas hablaba. Estaba amargado, consumido por los nervios. De noche se oían sus grandes pasos, que resonaban en todo el hotel. Una mañana salió diciendo que iba a buscar trabajo; nunca volvió.

—¿Hay algún amigo al que le podamos preguntar?

—No, después del incidente ya no se comunicó con nadie.

—¿Qué incidente?

—¿Ni siquiera sabés eso? Que él mismo te cuente eso, si lo encontrás. Tiempo después de que se fuera me mandó una carta.

Buscó en sus bolsillos y sacó un papel amarillo, casi marrón, parecía la hoja de un libro viejo.

—¿Puedo leerla?

—¡No!

—Ahí puede haber una pista, para saber dónde está.

—La leí muchas veces. La conozco de memoria. No hay ninguna pista.

—¿Me dejarías ver el sobre?

—No lo tengo. Estaba tan furiosa que cuando recibí la carta la hice pedazos. Pero no había ningún remitente. En la estampilla había una mariposa azul.

Yo noté algo en la carta y estiré la mano para alcanzarla. Ella pensó que quería sacársela y dio un tirón. Yo me quedé con un tercio de la hoja en la mano.

—Era lo único que tenía de mi padre y ahora está roto.

—Perdón. Solo quería...

Se puso de pie, furiosa.

—No tenés nada que ver con Míster Chan-Chan. ¿Por qué no te vas de este hotel y de la ciudad AHORA MISMO?

Se marchó, rumbo a su cuarto. Me quedé mirando el trozo del papel con el que me había quedado.

Paseo nocturno

El papel estaba desgarrado, pero decía:

...SE ACABÓ DE IMPRIMIR A LOS CINCO DÍAS DEL MES DE DICIEMBRE...

El padre de la chica, Míster Chan-Chan, había escrito la carta en la página final de un libro.

Paseé por el centro de Finlandia Sur. Hacía frío, los cafés cercanos a la plaza estaban abiertos, con los vidrios empañados, la gente paseaba por las calles con bufandas, guantes y gorros que mostraban hilos de lana sueltos, como si no los hubieran terminado de tejer. La manía de dejar las cosas inconclusas había empezado por los libros, pero ya había contaminado todo. En las plazas, bajo los grandes árboles, las estatuas incompletas recibían el rocío de la noche. Un caballero montaba un bloque de mármol, del que apenas sobresalía la cabeza de un caballo; una diosa griega mostraba una cara perfecta, pero a medida que su cuerpo, nacido en las alturas, llegaba al suelo, ya no se distinguían los brazos de la túnica. Como viajero curioso, me acerqué a la gente que conversaba en los bancos de las plazas, en las esquinas: las anécdotas no se terminaban.

—El otro día me encontré con Camaro. Hacía veinticinco años que no lo veía, desde el colegio. ¿Y a que no sabés lo que me dijo?

Pero uno nunca se iba a enterar de lo que había dicho Camaro.

—Hoy a la mañana salí apurado de casa y me tropecé con un juguete que habían dejado tirado en la vereda. Era un autito que se había caído del cuarto piso, justo donde vive…

Pero uno nunca se enteraba de quién vivía en el cuarto piso.

Entré en un café, al lado del cine, y pedí un café con leche que me trajeron en una taza gigantesca. En una azucarera había unos terrones de azúcar envueltos en papel azul.

Del otro lado del vidrio un viejo me golpeó la ventana y me señaló sus bolsillos. Era un mendigo, pero en vez de pedir, parecía que estaba ofreciendo algo. Cuando el mozo apareció con cara de pocos amigos, el mendigo se alejó.

—¿Qué quería ese hombre? ¿Pedía limosna? —le pregunté al mozo.

—¿Limosna? ¡No! —El mozo bajó la voz—. Es un traficante de finales. Si lo dejamos entrar, la policía nos cierra el local.

—¿Un traficante de finales?

—A algunos les gustan las películas sin final. No a todos. Hay gente chapada a la antigua, que quiere la historia completa. Y estos malvivientes se aprovechan de las expectativas de la gente para venderles finales. Les dan papelitos donde les cuentan qué pasa, en fin, si gana el héroe, si se queda con la chica, si el *sheriff* dispara primero… Pero para mí que inventan: no sé si ellos vieron esas películas enteras alguna vez.

Terminé mi café con leche y salí a la calle. El aire frío me despertó. Busqué con la mirada hacia los lados, pero el viejo había desaparecido. Ya estaba por irme cuando escuché una voz, desde un umbral:

—¿Qué busca?

No vi a nadie, pero detrás de una columna salía una columna de vapor: esa es la forma que tienen las palabras en invierno.

Respondí:

—Información.

—¿Qué película vio?

—Ninguna.

La voz sonó menos tranquila.

—¿Qué pasa? —preguntó—. ¿Es de la policía?

—¿Parezco policía? Quiero saber quién se ocupa de arrancar las páginas a los libros.

El hombre salió de la oscuridad. Era el mendigo de antes. Noté que los papeles abultaban los bolsillos de su abrigo.

—Libros no. No trabajo con libros. La policía es menos tolerante con los finales de libros. Con las películas nos dejan en paz, siempre que trabajemos de noche y sin hacer escándalo, pero con los libros son muy quisquillosos. ¿Está buscando el final de una novela?

—No, tengo un pedazo de la última página y quiero saber de dónde salió.

Le mostré el pedazo de papel.

—Tengo esto, nada más.

—Quince pesos.

Busqué en mi bolsillo y le tendí un par de billetes. Miró hacia los costados antes de guardar la plata.

—Vaya a la Biblioteca Central. Verá a una vendedora de café. Dígale la contraseña: quiero un café con siete cucharaditas de azúcar.

—¿Esa es la contraseña?

—Sí. Nadie pide un café con siete cucharaditas de azúcar. Por eso ella se da cuenta de que se trata de una contraseña. Nosotros pensamos en todo.

Un policía pasó por la esquina. El vendedor de finales volvió a desaparecer en su rincón oscuro. Yo eché a caminar hacia la Biblioteca.

Siete cucharaditas de azúcar

La Biblioteca estaba abierta día y noche. El edificio iluminado, y a su alrededor todo a oscuras. Subí unos escalones de piedra, entré en el gran salón cruzado por largas mesas de madera. Unos pocos lectores se inclinaban sobre los libros; vi a una chica con un libro diminuto, más allá a un hombre que llevaba uniforme de guarda del ferrocarril y que consultaba los mapas de un libro gigantesco. Yo saqué un libro de los anaqueles, el primero que vi, una enciclopedia sobre pájaros, y me puse a pasar las páginas sin prestar mucha atención.

De inmediato vi a la vendedora de café. Era una mujer de pelo blanco, que vestía un uniforme que hacía años, muchos años, le había provisto la desaparecida importadora de café Las Águilas. Empujaba un carrito donde tenía termos con café, té, mate cocido y chocolate, y paquetes de galletitas. Al pasar entre los lectores, trataba de tentarlos. No podía gritar su mercadería –*Silencio, biblioteca*– pero dejaba abierto el termo de chocolate para que se esparciera el olor o comía ruidosamente una galletita rellena. Ver tomar da ganas de tomar, ver comer da ganas de comer. Más allá, una chica de lentes pidió un chocolate. Yo iba a hacer lo mismo, pero recordé la clave:

—Por favor, un café con leche con SIETE cucharaditas de azúcar.

La señora se acomodó la gorra de Café Las Águilas sobre su pelo blanco y me miró con aire de complicidad.

—¿Con siete? ¿No será muy dulce?

—Con siete.

—¿No con seis o con ocho?

—Siete —insistí.

Miró hacia los lados. Después sirvió lo que le pedía. Las cucharadas, además, abundantes. El café casi desbordaba el vaso de papel.

—Ahora tómeselo.

—No, era la clave, nomás.

—Tómeselo, que hay que disimular. Es sospechoso que alguien pida un café y no lo tome. Después camine hacia el sector de libros sobre astronomía.

Me tomé el café. Casi no me pasaba por la garganta. Empecé a buscar los libros de astronomía, pero antes de llegar escuché la voz.

—¿Qué final necesita?

Le mostré el papelito y le conté:

—Esto es una última página, y está manchada de hollín. ¿De dónde puede haber salido?

—Treinta pesos y hablamos.

—¿Treinta? Ya le di quince al que me mandó acá.

—Ese no es mi problema. Hubiera venido directamente, y se ahorraba esos quince.

Busqué los billetes en mi bolsillo.

—¿No usa billetera? Mire cómo están, todos arrugados. —Los alisó—. Venga conmigo.

Caminamos a través de pasillos amurallados de libros.

—Este papel puede haber salido de un solo sitio: el lugar donde se queman las páginas finales de los miles de libros que llegan a nuestra ciudad. El Instituto es el corazón mismo de Finlandia Sur. Ahí todos los finales son extirpados y arrojados a las llamas. Al que se encarga de esa tarea lo llamamos el Incinerador.

Me hizo señas de que la siguiera y llegamos a un gran ventanal. Desde allí se veían a lo lejos unos edificios de pocos pisos que parecían abandonados y más allá una gran fábrica, semejante a los talleres del ferrocarril. Una chimena inmensa se levantaba hacia el cielo y dibujaba nubes de humo negro.

—Ahí tiene lo que busca: el Instituto Purificador de Finlandia Sur.

La fábrica de disfraces

A la mañana encontré a la señora María Elena en la cocina.

—¿No vio a Alejandra? —pregunté.

—No la vi. Y no creo que quiera verlo a usted.

Sabía que estaba en uno de los cuartos así que golpeé la puerta de todos.

La encontré en el 137. La puerta estaba entreabierta; ella estaba sentada en la cama mirando el papel floreado de las paredes.

—Sé cómo llegar a tu padre. Necesito que me acompañes.

—¿Por qué? Él no quiere que lo encuentre. Haber venido hasta aquí fue un error. Tengo que volver a mi casa, a mis estudios. Ya mi mamá me había advertido. Al final, ella tenía razón.

Siempre hay un momento en que se descubre que la madre tenía razón, pensé. Y no es un momento feliz. Quise consolarla:

—Si tu padre te escribió la carta en esa página, es porque sí quería que lo encontraras. Mi padre, cuando se fue, no dejó ninguna señal. Se fue, y nada más.

Le tendí el pedazo de página. Ella sacó el resto de la carta de su bolsillo. Los unió, los separó, los unió, los separó: era un rompecabezas de dos piezas, pero le costaba trabajo armarlo.

—Fue una señal para que siguieras sus pasos. Yo los seguí por vos. Está en el Instituto Purificador.

Me miró con odio, con esa clase de odio instantáneo que solo pueden conseguir las mujeres.

—El Instituto Purificador no existe. Los mismos libreros sacan las páginas de los libros para no tener problemas. Mirá la guía de teléfonos, o preguntá en la municipalidad: no existe ningún Instituto Purificador.

—Probar no cuesta nada.

Esa misma tarde salimos rumbo a la fábrica que me había señalado la vendedora de café. Salimos del centro de la ciudad, caminamos por calles arboladas y desiertas hasta llegar al edificio de la fábrica. Como las ventanas estaban en lo alto, no podíamos ver el interior. Sobre la entrada había un cartel que decía:

FÁBRICA DE DISFRACES Y ARTÍCULOS DE COTILLÓN.

Alejandra me miró con mala cara.

—Me dijiste que era el Instituto Purificador y es una fábrica de disfraces.

—No te dejes engañar por las apariencias —le señalé la chimenea de ladrillos, de la que salía un humo negro—. ¿Por qué una fábrica de disfraces estaría quemando día y noche?

—No sé. Para quemar los trajes que no sirven. Las serpentinas viejas. Las máscaras de goma. ¿No sentís olor a goma quemada?

—Esconden el lugar donde queman las páginas. No quieren que nadie sepa dónde está. Estoy seguro de que tu padre, si es que trabaja allí, se preocupa por salvar páginas de libros. Debe ser una especie de doble agente.

—Esperemos que sí.

Apenas pasamos la gran puerta de reja, un hombre gordo nos cortó el paso. Tenía una gorra azul que parecía de fiesta de disfraces.

—Sin autorización nadie entra.

—Buscamos a Julio César Molinari. Es el padre de mi amiga.

—No me importa quién es el padre de su amiga. Sin autorización sellada, nadie entra.

—Pero Julio César Molinari…

—Para mí no existen los Julio César Molinari, ni los García, ni los Mandrake… Para mí no hay nombres, para mí todos son números. Todos tienen que poner su tarjeta en ese reloj que ven allí, que les marca la hora de entrada y la de salida. Yo conozco a todos por su número de tarjeta. No me importan sus nombres y menos, sus hijos.

Pasó frente a nosotros un hombre alto, con un maletín.

—Ese por ejemplo es el 1044 —dijo el guardia, orgulloso de su memoria.

—Pero no sé el número de mi padre. No lo veo desde hace seis años.

—Ya les dije: imposible entrar. Nadie puede distraer a los que trabajan aquí. Un pequeño error y volamos por los aires.

Rodeamos la fábrica, los largos muros de ladrillo rojo, buscando algún lugar por donde entrar. Al llegar a la parte posterior del edificio, encontramos una entrada para camiones. La reja de hierro estaba abierta, y dos operarios se ocupaban de vaciar la caja de un camión. Sacaban libros atados con hilo y los echaban en un gran canasto con ruedas. Una vez que estaba lleno lo llevaban al interior del edificio. Después el carrito volvía vacío y se repetía la operación.

—Si nos metemos en el carrito, con los libros, ellos mismos nos llevarán adentro. El carrito es grande, cabemos los dos.

—No, no estoy lista.

—Si nos atrapan, nos echan y nada más, no hay otro peligro.

—No es por miedo. Es que no estoy preparada para verlo. Todavía no.

No me gustaba entrar solo, pero ella tenía sus razones.

—¿Vas a sonreírme antes de que entre?

—No sé sonreír.

—Todo el mundo sabe. Hay que estirar la boca hacia los costados. También se pueden mostrar los dientes, pero eso es opcional.

—Si hago eso me sale una mueca. Yo no sé.

En reemplazo de la sonrisa imposible, me puso la mano en el hombro. Hizo un gesto con la cabeza, señalando a los hombres que bajaban los libros del camión:

—Yo me ocupo de distraerlos.

Alejandra se acercó a los hombres. Empezó a hablarles en voz baja. Desde mi escondite no llegaba a saber qué les preguntaba, pero con su pálida seriedad contagiaba la sensación de que se trataba de algo importante y profundo. Les debía estar preguntando el nombre de una calle o de una plaza, pero creaba el sortilegio de que en la información se jugaba el destino de la humanidad. Yo aproveché para acercarme al gran canasto y saltar en su interior. Una vez adentro me tapé con los libros, hasta que me cubrieron por completo. Estuve un buen rato allí; más libros cayeron sobre mí. Los tiraban sin cuidado, y cada atado de libros caía como si se tratara de ladrillos atados con piolín. Maltrecho y dolorido, ya estaba por abandonar mi plan, cuando la carretilla se puso en movimiento.

El olor blanco del papel nuevo y el negro de la tinta fresca se mezclaba con el olor amarillo de los libros viejos. Algunos terminaban con reencuentros y otros con despedidas; algunos con una batalla de miles de hombres y otros con una mujer sola frente a un teléfono, pero todos tenían en común que, en algún momento, terminaban, y estaban a punto de dejar de terminar.

La habitación de la caldera

Las ruedas del carro rechinaban: me llevaron por un largo pasillo, después por una rampa. A medida que me acercaba a mi destino, en el interior de la fábrica, en los sótanos del edificio, el olor a libros viejos y nuevos cedía frente al olor a papel quemado. El canasto con ruedas se detuvo, después de chocar con una pared. Esperé unos segundos. Después me decidí a asomar apenas la cabeza y esto es lo que vi:

Un hombre corpulento se dedicaba a arrancar páginas de libros. Vestía un uniforme gris, y tenía las manos y la cara tiznadas por el hollín que flotaba en el sótano. Estaba sentado en una especie de trono formado por paquetes de libros atados con hilo. Por todas partes lo rodeaban montañas de libros que esperaban ser extirpados de su final; él arrancaba las páginas con una mezcla de precisión y violencia, como si deshojara alguna especie de flor maldita, que era necesario exterminar. Luego echaba el libro en un montacargas, desde donde el ejemplar retomaría su camino hacia las librerías de Finlandia Sur.

En cuanto a las páginas arrancadas, el hombre hacía con ellas aviones de papel que arrojaba a través de la enorme habitación a la boca de una caldera que ardía en el otro extremo. Los aviones llevaban su carga de finales y epílogos, de triunfos y fracasos, a través del sótano. Como si estuvieran guiados a control remoto entraban por la puerta abierta de la caldera, y aterrizaban entre llamas. El Incinerador tenía una habilidad prodigiosa: todos los aviones iban directo hacia el fuego. A pesar de la cara tiznada llegué a reconocerlo por la foto que me había mostrado Sanders: era Julio César Molinari, alias Míster Chan-Chan.

Me puse de pie y sentí la felicidad de estirar las piernas acalambradas. El hombre me miró sorprendido y un poco asustado, como si pensara que de pronto los libros habían cobrado vida y llegaban para vengarse por tantas páginas quemadas, tantos semejantes mutilados. Pero su sorpresa duró poco: cuando bajé del carro se acercó a mí y tomándome de una oreja con sus manos gigantes empezó a llevarme hacia el montacargas.

—Nadie puede entrar aquí. Nadie puede molestar al Incinerador.

Ya estaba a punto de caer sobre los libros.

—¡Espere! Vengo de parte de su hija.

Molinari, Míster Chan-Chan o El Incinerador, como ahora se hacía llamar, se detuvo. En su cara había una muestra de alarma y de alivio. Parecía despertar de un sueño. Sanders me había dicho que cuando actuaba en los teatros Míster Chan-Chan entrecerraba los ojos, como si estuviera conectado con un mundo invisible y a la vez con el real: así me miró, como si mi sola presencia fuera una historia que necesitaba un final. Me señaló el montón de libros y allí nos sentamos, alumbrados por el fuego.

—No estoy preparado para ver a mi hija. Hágame un favor, dígale que no me encontró.

—Su hija lo necesita. Vino a esta ciudad, está en el Hotel Las Nubes, y parece que se va a quedar ahí hasta que lo encuentre. Lamento decirlo, pero es una chica muy persistente.

Se pasó un trapo sucio de hollín por la frente, que quedó tan sucia como antes: era como limpiarse con un carbón.

—Cometí un gran error que causó la muerte de una persona. Cometí ese error por soberbia, por creerme un gran buscador de finales. Vine a esta ciudad a pagar por mis pecados. Aquí nada puede tentarme a volver a mi antiguo oficio.

Hizo un nuevo avión de papel. Me di cuenta de que mi presencia lo había perturbado, porque el avión no siguió la misma trayectoria de los otros: hizo una pirueta en el aire y pareció a punto de desviarse, aunque al final también fue a parar al fuego.

—¿Cómo llegó hasta aquí? ¿Por qué me busca? ¿En serio se lo pidió mi hija?

Le hablé de Sanders, de mi aprendizaje. Parecía no querer oír, pero después de meses, tal vez de años de aislamiento, no podía suprimir del todo la curiosidad.

—Necesito que lea las páginas de Salerno y que les encuentre un final. Es la única manera de que Sanders triunfe sobre Paciencia y sobre el Método. Dígame aunque sea una palabra, algo que pueda ayudar a Sanders.

Arrancó las páginas finales de una novelita de tapas rosas.

—Nada me gustaría más que ayudar a mi viejo amigo. Pero no puedo buscar más finales. Son una maldición. Llevan a la desgracia y a la muerte.

—Pero eso lo cree solo usted. Sanders lo admira. Dice que nunca hubo nadie mejor.

—Le contaré una historia. Entonces comprenderá por qué es mejor que esté aquí, arrojando papeles al fuego.

El radioteatro de la noche

"Yo me había especializado en buscar finales para radioteatros. Los programas salían por Radio del Pueblo y se grababan con público, en una gran sala con capacidad para trescientas personas. A veces actuaban orquestas en vivo. Y aunque el público tenía frente a sí a los actores, y veía que los piratas eran señores de traje y corbata y que la princesa era una señora con algún kilo de más, las palabras los llevaban a selvas, a transatlánticos, a montañas de hielo. En esa época nadie se interesaba por las historias realistas, con oficinistas cuyo sueldo no llega a fin de mes, y que se pelean con la esposa, o con jóvenes que no saben adónde ir el sábado por la noche. Con las palabras había que construir palacios, cavernas, catedrales. Había que crear la ilusión de la distancia –reinos remotos, mares helados– y a la vez la cercanía.

"Yo leía los guiones y buscaba los finales, pero no tenía, como Sanders, una oficina de objetos perdidos: yo miraba en la calle, en los papeles del suelo, entraba en los altillos de las casas, me asomaba a esas tiendas chinas donde se encuentra de todo. A veces traía pequeños objetos y otras, sencillamente una palabra.

"El más exitoso de los programas fue *El fabricante de juguetes*, que contaba la historia de un inventor de autómatas, cuyas criaturas eran tan perfectas que parecían personas. Hans –ese era el nombre del constructor de autómatas– odiaba al mundo, y vivía encerrado con sus creaciones: sus muñecos, pero también sus trenes, las montañas azules con nieve de cristal, los esquiadores en miniatura que nunca dejaban de moverse, los globos aerostáticos que cruzaban día y noche su palacio.

"Un día, al intentar reparar a una bailarina, Hans se corta un dedo. El tajo no es profundo, pero Hans descubre algo en lo que nunca antes había pensado: la sangre. Hans se queda mirando la gota como si fuera un minúsculo planeta desconocido. Comprende que, de todo lo que lo rodea, solo él es capaz de sangrar, solo él está vivo. Las cosas que le habían bastado ya no le bastan. Entonces sale a conocer el mundo. Le cuesta mucho incorporarse a la vida cotidiana, porque ha vivido siempre entre cosas inanimadas. Aunque tiene millones quiere ser como todos, ganar su propio dinero, y se ofrece como vendedor, bajo nombre falso, en una de sus propias jugueterías. Aunque es demasiado serio para ser un buen vendedor, lo contratan de inmediato, gracias a sus grandes conocimientos. Claro, conoce todo porque él hizo todo. Desde su puesto de vendedor, observa a las personas que entran y salen de la juguetería, tanto más imperfectas que sus criaturas. Y así, de tanto mirar, de tanto comparar miradas, ojos y sonrisas, se enamora de una mujer que trabaja en la tienda. Le gustan la perfección de sus rasgos, la simetría de su cara que le recuerda a una de sus propias muñecas, la forma de caminar".

Molinari interrumpió su relato, buscó un termo y sirvió un poco de té en dos vasos manchados de hollín.

"Salvador Galán, el autor de la obra, era un poco como el juguetero. Vivía solo, no veía a casi nadie, y había que mandarle los finales por correo. Por eso había conseguido que la historia fuera tan vívida. Y todo el mundo seguía con ansiedad a su personaje, a la espera de que Hans consiguiera al final escapar de su mundo artificial.

"Y entonces yo envié mi final y atraje la desgracia sobre Galán. No puedo adjudicar mi error a mi pereza, porque medité largamente el asunto, estudié cientos de objetos y palabras, y envié por correo el indicado.

Pensé que el final que había elegido era la llave para que la historia terminara con una esperanza. Y fue al revés.

"La noche final de la historia, la ciudad entera se paralizó. No había automóviles en las calles. Las familias se reunieron alrededor de la radio esperando el final, sin hablarse, casi sin mirarse: estaban todos juntos, pero a la vez cada uno estaba solo con sus pensamientos. Yo no quise estar con nadie: estacioné mi auto en un parque y me quedé solo. El capítulo anterior había terminado con una esperanza, pero este último episodio parecía hundirse en la desolación más absoluta. Hasta último momento esperé un cambio de timón, que no ocurrió. El fabricante de juguetes estaba decidido a abandonar su mundo artificial para entregarse a la muchacha, para vivir como un hombre entre los hombres. Pero, al tratar de besarla, lo gana una sospecha: pone el oído contra el pecho de la muchacha para oír su corazón y sólo escucha, desde las profundidades de su cuerpo, el *tic-tac* de los autómatas. No era una mujer de verdad, era un autómata que los ingenieros de su empresa habían diseñado para complacerlo. Al descubrir el engaño, Hans se recluye en la soledad definitiva, renunciando para siempre a cualquier contacto con seres vivos. Lo último que se oye en la obra es el chirrido de los goznes de su mansión al cerrarse para siempre.

"El final era tan deprimente que medio centenar de oyentes desilusionados se reunieron para tirar piedras contra el edificio de la radio. Rompieron los vidrios de las ventanas y después se fueron, cabizbajos. La carrera de Galán se vino abajo, ya no le aceptaron más radioteatros. Había vivido el éxito como algo natural; cuando este se terminó, entró en un mundo desconocido que se le hizo irrespirable. El trabajo había sido su único contacto con el mundo. Una noche de invierno escribió en el cristal empañado *tic-tac* y se tiró por la ventana. Desilusionados, los radioescuchas dejaron de oír radioteatros y el género pronto desapareció. Los actores tuvieron que buscar trabajo en otra parte, las orquestas que tocaban en vivo empezaron a tocar en las plazas, por monedas".

El Incinerador se puso de pie.

"Por eso renuncié a todo. Y ahora déjeme trabajar: el día no ha terminado y tengo muchos papeles por quemar".

Volví al Hotel Las Nubes –desierto como siempre, desierto como todos los hoteles de Finlandia Sur– y busqué a Alejandra para darle la noticia. Le conté de su padre, de su encierro, de los aviones que atravesaban el aire lleno de hollín rumbo al fuego perenne.

—Dice que no está preparado para verte. Y que no tiene ningún final para mí.

Ella no lloró ni dijo una palabra: miraba todo con esa seriedad, que no era tristeza: era su modo de demostrar que todas las cosas le parecían importantes.

El regreso

Metí todo –nada– en la valija, tomé el tren de la noche, volví.

—¿Y la caja? ¿Dónde está? —me saludó Sanders con su amabilidad habitual.

—No tengo ninguna caja.

—No puedo creer que mi viejo amigo Míster Chan-Chan haya fallado, así que tengo que pensar que es usted el que falló.

—Señor Sanders, cada vez que lo escucho hablar me dan ganas de ir a trabajar con Paciencia.

—¡Entonces váyase! No lo necesito. No necesito a nadie.

Estábamos en su casa. Se sentó y se puso a leer unos guiones que le habían mandado –y que esperaban en vano su final– con el gesto de soberbia que solo se consigue en el fondo de la derrota.

Yo me senté también. Esperaba un té que no llegó. Sanders era un especialista en hacer que un saquito de té alcanzara para tres o cuatro tazas. Pero esa vez, ni eso.

Traté de despertar su curiosidad:

—Míster Chan-Chan no quiere saber nada de finales. Es más: trabaja quemando finales.

Le conté la historia del fracaso de Míster Chan-Chan, de cómo se culpaba por haber llevado a la muerte a Salvador Galán. Cansado de que no me prestara atención, lo provoqué:

—Yo hablo y pasa el tren.

Entonces dejó de lado los guiones y condescendió a mirarme:

—Nunca escuché radio. Así que no sabía nada de toda esa historia. Pero debemos convencerlo de que no tuvo la culpa.

—¿Y cómo?

—Es posible que antes de matarse ese tal Galán le haya confesado a alguien que malinterpretó la historia, o que decidió rechazar el final que le envió Molinari... Busque en los archivos de la editorial. Tal vez encuentre un nombre que nos sirva. Un amigo, un colaborador, una novia.

Volví a trabajar en la editorial; volví al uniforme, a los guantes, a subir y bajar escaleras. Un día olvidé ponerme los guantes y al tocar la puerta del archivo la corriente eléctrica me tiró al suelo.

El archivo de la editorial estaba en el subsuelo del edificio. Allí se conservaban todos los diarios, las revistas de historietas, las fotografías. Trabajaban los mismos empleados desde hacía años, y solo ellos sabían dónde buscar las cosas. Mantenían todo en un orden secreto para que la empresa estuviera obligada a conservarlos. A la edad en que la empresa jubilaba a los guionistas y dibujantes, los archivistas seguían firmes en sus puestos.

—¿Qué busca? —me preguntó Atilio, el más veterano de los ya muy veteranos archivistas.

—Necesito el sobre de Salvador Galán, señor Atilio.

—Se lo traigo en un periquete.

Atilio comenzó a moverse lentamente hasta el fondo del archivo. Yo rogaba que el sobre estuviera cerca, para que el pobre Atilio no tuviera que caminar mucho. Pero, cuando acercó la escalera, me asusté. Las escaleras de madera del archivo eran las más grandes que yo hubiera visto jamás, si exceptuamos las de los coches de los bomberos. Atilio se tomaba todo el tiempo del mundo para subir cada escalón. Y cada vez tambaleaba y estaba a punto de caer.

—Deje, Atilio, voy a buscarlo yo. Dígame donde está.

Lo dije por decir, para no sentirme culpable, pero ya sabía que era imposible, ya conocía la respuesta de memoria:

—No, jovencito. Ninguna persona ajena al archivo puede pasar.

Atilio seguía trepando, hasta alturas de las que no podía caer sin matarse. Yo no me animaba ni a respirar. Y, cuanto más subía, su presencia espantaba a mariposas de la noche, que dormían allí, entre los sobres, y rodeaban su cabeza, amenazando con hacerlo perder el equilibrio. Peor fue el descenso, porque Atilio bajó con una sola mano: en la otra tenía el sobre, como un trofeo.

—Gracias, señor Atilio. No sé cómo lo consigue.

—Lo hago todos los días. Lo hice durante más de medio siglo.

Pero, mientras se acercaba, pisó un sacapuntas que había quedado en el suelo y se dio un porrazo.

Antes que me preocupara, oí su voz:

—Ya ve, nunca tropiezo en las alturas. Pero en tierra firme, basta una cosita de nada para hacerme caer.

El sobre llegó a mis manos y lo llevé hasta una de las mesas del archivo. De allí saqué más de treinta recortes cuidadosamente doblados por la mitad. Todos los recortes llevaban un sello de tinta azul, donde se leía: *Archivo Editorial Libra,* y la fecha del artículo. El papel de muchos de los artículos ya estaba amarillento, quebradizo.

La historia que encontré agregaba detalles sobre Salvador Galán que Míster Chan-Chan había omitido: su romance con una actriz, que al final lo había abandonado, su destreza en el ajedrez, su afición a los barcos en botellas. En el punto máximo de reconocimiento ya no lo llamaban por su nombre, sino como *El Rey del Éter.* Los artículos hablaban de los cientos de cartas que recibía por cada programa, de los admiradores que esperaban bajo la lluvia, de su fama de excéntrico, pero nada decía que me pudiera ayudar con Míster Chan-Chan. Leí los artículos en orden cronológico, desde que era una joven promesa y acompañaba a sus elencos de ciudad en ciudad, por todo el país, hasta su progresiva soledad, su fama de difícil, su manía de dictar los argumentos en vez de escribirlos. Al final llegué hasta las noticias de su muerte:

Los micrófonos, de luto

Adiós al Rey del Éter

Estrella de la radio se estrella

Cuando cortaban un artículo para guardarlo, se conservaba también el dorso de las noticias. Derrotado, empecé a mirar, por puro aburrimiento, el otro lado de cada recorte.

En la mayoría de los casos las noticias y los avisos habían sido mutilados por la tijera de los archivistas. Pero algunos sobrevivían casi íntegros: *Matan al dueño de un circo*; *Colonia Chantecler, la mejor para la mujer*; *¡Silencio!, a dormir con colchones Prudencio*; *Huelga de carteros se prolonga; Un, dos, tres: Café Vienés…*

Sentí una especie de alarma, algo me había arrancado de mi aburrimiento y de mi sueño, pero no descubrí de inmediato lo que había sido. Un pensamiento trataba de abrirse paso desde el fondo de mi inconsciente. Repasé el dorso de los artículos, volví a leer los avisos de la colonia Chantecler y de los colchones Prudencio, hasta que llegué a la huelga de carteros:

¿Habrá que volver a las palomas mensajeras? Los buzones ya no dan más. La gente sigue despachando cartas, pero nadie los aligera de su carga. La huelga de carteros se ha extendido ya a toda la ciudad. A raíz de las mordidas recibidas por el señor Ernesto Gracián de un fox terrier conocido como Sultán, los carteros piden la derogación de la ley 24/54 que los obliga a atravesar patios y jardines. Pascual Tursi, delegado del gremio, declaró: "Es importante que las cartas lleguen a destino, pero más que los carteros lleguemos a casa".

La huelga había durado diez días: los amigos se habían quedado sin noticias, los enamorados sin besos por escrito, y hasta era posible que Galán se hubiera quedado sin final. Pero esa posibilidad remota no convencería a Míster Chan-Chan: necesitaba algo más contundente.

CORRESPONDENCIA PERDIDA

A la mañana siguiente fui hasta Radio del Pueblo: un edificio de granito, lleno de pasillos con alfombras de goma, para evitar que los pasos hicieran ruido. Un gran cartel decía:

Silencio. Estamos transmitiendo.

En la entrada había una telefonista que mascaba chicle y miraba una revista *Radiolandia.*

—¿No sabe si hay alguien que haya trabajado con Salvador Galán? —le pregunté.

Ella se puso el chicle a un costado de la boca, antes de responder:

—No sé quién es Salvador Galán. ¿Trabaja en esta radio?

—Trabajó en esta radio hasta hace unos años.

—El que sabe de esas cosas es Aranda. El viejo Aranda, siempre recordando el pasado. Lo va a encontrar abajo, en el primer subsuelo.

—¿Cómo lo reconozco?

—No hay nadie más. Nadie lo aguanta, pobre. Se pondrá contento de que alguien lo escuche.

Bajé por las escaleras. En el subsuelo estaba el depósito de la radio: colecciones de discos de pasta, gigantescos micrófonos ya mudos para siempre, pianos amortajados por sábanas blancas, violonchelos encerrados en estuches que ya eran ataúdes. Dejé esa zona a oscuras y pasé a otra iluminada: hacía tiempo que no sentía el olor del líquido blanco con que se saca brillo al bronce y al cobre. Un hombre de gastado uniforme azul y gorra de lana lustraba los premios que se amontonaban en una repisa. Premio al mejor conductor, Premio La Voz de Oro, Premio Orquesta de Tango, Premio Al Mejor Chiste del Año. Solo se oía el zumbido de los tubos fluorescentes.

—¿Cuál fue el chiste que ganó el premio? —pregunté, para iniciar una conversación.

—El chiste no lo recuerdo. Uno de loros, náufragos o suegras, seguramente. Se lo dieron a un humorista que actuaba bajo el nombre de Sombrero Verde.

—¿Era bueno?

—Era malísimo. La gracia estaba en que todos sus chistes eran tan malos que causaban gracia. Él nunca lo supo. Siempre creyó que sus chistes eran geniales. Y durante años dijo un chiste tras otro, confiado en que la gente se reía porque eran buenos. Se peinaba con gomina y sonreía de costado.

Aranda imitó la sonrisa.

—¿Y cuál es la diferencia entre reírse de un chiste malo o de uno bueno?

—¿Le parece que no hay diferencia?

—Para mí no.

—Pero en la radio de aquel entonces había diferencia. Cuando uno se reía de un chiste bueno, se reía del chiste; cuando uno, en cambio, se reía del chiste malo, se reía del que lo contaba. Cuando Sombrero Verde se enteró de que todos se reían de sus chistes precisamente porque eran malos, y que, por lo tanto, se reían de él, se retiró de la radio. No quiso salir más al aire. Le cuento esa historia como le podría contar cien más.

—No necesito cien, necesito una. ¿Usted es Fermín Aranda?

Dejó de lustrar.

—El mismo que viste y calza. ¿Quién pregunta?

—Juan Brum —dije mientras le tendía la mano.

—¿Es el nuevo director de la radio?

—No. ¿Cómo voy a ser el nuevo director? Tengo quince años.

—Cuanto más viejo me hago, más jóvenes se hacen los demás. A mí no me extrañaría que un niño con chupete viniera a darme órdenes.

—Vengo a hablarle de historia antigua.

—¿Los asirios, los caldeos?

—Salvador Galán.

—Muestre más respeto hacia el tiempo, y piense bien antes de decir la palabra antiguo. Eso es nuevo para mí. Es como si hubiera ocurrido ayer.

Le hablé de Molinari, de su culpa, de su alejamiento de todo. Le hablé de los papeles que echaba al fuego en los sótanos de Finlandia Sur. Mi historia lo dejó meditabundo. Hasta pensé que se había quedado dormido.

—Su buscador de finales no entiende nada de la vida. Galán era un hombre amenazado por la soledad. Él mismo se condenó. El final que le dio su amigo no tuvo nada que ver.

—Pero no hay manera de convencerlo. Necesito a alguien que me pueda asegurar que Galán no se inspiró en el final de Molinari.

—Mi memoria no puede ayudarlo. Pero si quiere podemos buscar en los muebles de la correspondencia, para ver si hay algo que le pueda servir.

Me llevó hasta el fondo del sótano. Fermín Aranda se dedicaba a lustrar los antiguos trofeos, pero el resto del sótano se lo cedía a las arañas. Nos movimos a oscuras, hasta que Aranda encontró el interruptor: una lamparita estalló en ese mismo instante, pero otra quedó encendida. Contra la pared del fondo había un mueble con casillas de madera, que servían para dejar la correspondencia. Eran como las celdas de un panal. Fermín Aranda me señaló una de las casillas superiores. Cartas y paquetes envueltos en telarañas.

—Esta es la de Galán. Desde su muerte, nadie la ha tocado. Yo no voy a meter la mano. No me gustan las arañas.

Metí la mano en el hueco oscuro. No me daba impresión: siempre fui amigo de las arañas. Nunca en mi vida maté una. Saqué un fajo de cartas, saqué una rosa en una caja de cristal, saqué cajas de bombones que ya eran fósiles. Y después la caja de cartón gris, cuyo remitente decía: J. C. Molinari. Estaba atada con cordel amarillo.

—¿Necesita una tijera para abrirla? —ofreció Aranda.

—¿Abrirla? Por nada del mundo. La necesito cerrada.

—¿Y sabe qué hay adentro?

La agité. Parecía vacía. Tal vez el objeto encerrado se había hecho polvo con los años. No importaba. Importaba que Galán no lo hubiera visto.

—Claro que sí. Acá adentro está la salvación de un hombre.

Le tendí la mano a Aranda y caminé hacia la escalera. Al pasar por la repisa de los trofeos me acerqué al Premio Al Mejor Chiste del Año. En letras grandes decía *A Sombrero Verde.* Y entre paréntesis, y en letras pequeñas, estaba el nombre verdadero del humorista: Fermín Aranda.

Dos más dos

Sanders me dio unos pesos: para él eran una fortuna, pero no alcanzaban para nada. Además de tacaño, creía que los precios habían permanecido sin cambios en los últimos cuarenta años. Fui a ver a mi madre al trabajo para que me ayudara.

La señora Haydée estaba enferma, y mi madre tenía más trabajo que de costumbre. Me dio los billetes que le pedía y siguió atendiendo a las señoras que la esperaban. Ya estaba por irme, cuando me cortó el paso el señor Carey.

—¿Consideró mi oferta de trabajar aquí?

—Le agradezco, señor Carey, pero estoy muy cómodo donde estoy. Además, usted sabe, trabajar con la madre en el mismo lugar…

El señor Carey se quedó pensativo.

—Tiene razón. Yo siempre trabajé con mi madre en El Palacio de los Botones hasta que ella… —El señor Carey miró hacia lo alto y se santiguó—. Y la verdad es que no es muy recomendable. Su madre me dijo que está muy interesado en este viaje y esa búsqueda…

—Sí, bueno, creo que estoy cerca del final…

—Aunque me he pasado la vida dedicado a los botones, no crea que no conozco el corazón humano. Y sé que su entusiasmo no viene solo por el trabajo. Hay algo en su mirada, en el modo como mira la hora —yo miraba el reloj, de pared, que tenía forma de botón gigante—, que me hace pensar que hay algo más. Dígame: ¿hay una muchacha metida en esto? ¿En alguna parte lo espera una sonrisa de esas que a uno le alegran el día?

—Le juro, señor Carey, que no me espera la sonrisa de ninguna muchacha.

El señor Carey no me creyó, pero era cierto. Si algo podía no esperar de Alejandra era su sonrisa.

Sanders tuvo un gesto insólito en él: fue a despedirme a la estación.

—Estoy buscando nuevas zonas de objetos. Me hablaron de un viejo depósito en el teatro municipal, pero había poco y nada. Necesito cosas perdidas, no cachivaches. Todo quedará en la manos de Paciencia, esa infame. Estamos derrotados.

—Gracias, señor Sanders, por darme ánimo antes del viaje. Y gracias también por confiar en mí. ¿Prefiere que me tire por la ventanilla ahora, que el tren está parado, o que lo haga cuando esté en movimiento?

—No quiero sacarle sus esperanzas. Pero, ¿para qué esa molestia? Ya ha pasado el tiempo, faltan dos días, estamos perdidos. Todos los días la gente de Paciencia llega a la editorial, y le muestra a Salerno su nuevo final. Llegan con marionetas de cristal, con barriletes chinos, con plantas carnívoras. El otro día trajeron una caja que parecía de sombreros. Adentro había una mujer, una contorsionista. Hasta ahora nada funcionó, pero en cualquier momento… ¿En qué funda sus esperanzas?

En vez de hablar le mostré la caja. La miró con detenimiento. Le señalé las estampillas, los lacres que aseguraban su inviolado contenido.

—Paciencia ha puesto toda su gente a trabajar, diseccionando el relato en partes pequeñas, aplicando fórmulas matemáticas. Las máquinas de calcular funcionan sin parar. ¿Qué pueden usted, su caja —se miró las manos— y el polvo de su caja, contra la trigonometría y los logaritmos? Aun en lo más profundo de la noche se ve su oficina iluminada. ¿Cómo puede mi intuición competir con su ciencia? Usted tiene entusiasmo, pero no sabe nada de la aritmética de los cuentos, salvo que dos más dos es cuatro.

—Lamento contradecirlo, pero en un cuento dos más dos nunca es cuatro. Si no, no habría cuento.

—¿Ve?, además se ha vuelto loco.

Yo ya había subido al destartalado vagón. Me dio la mano a través de la ventanilla del tren.

—Consiga lo que consiga, cuidado con el regreso. Los interceptadores vigilan la editorial.

Míster Chan-Chan

Yo le había avisado a Alejandra que llegaba y ella, almidonada y pensativa, ahora vestida de amarillo, me esperaba en la estación. Imaginé su cuarto, abarrotado de esas melancólicas armaduras: una celeste, una azul, una rosa. Desde que había conocido los moños de las cintas de su pelo y las tablas perfectas de sus vestidos, yo amaba la geometría.

—¿A quién esperabas? —le pregunté—. ¿A la caja o a mí?

—Eso qué importa. Llegaron juntos.

Iba a rumbear para el hotel, pero me arrastró del brazo.

—No, vamos directamente a verlo a él. Le mandé un mensaje. Nos está esperando.

—Ahora no. Ahora estoy cansado.

—Esta caja llegó tarde una vez. No puede llegar tarde de nuevo.

Y caminamos hacia el Instituto Purificador, que supuestamente no existía. Algo había cambiado, porque la puerta del fondo estaba abierta, y nadie nos detuvo. Bajamos por la rampa hasta la enorme habitación de la caldera. Desde su trono hecho de libros, el Incinerador arrancaba las páginas y disparaba sus aviones al fuego. Tiznado de hollín, corpulento y cansado, parecía un rey meditabundo, el rey de un país de humo.

Alejandra se quedó a mis espaldas, casi escondida. Él no levantó los ojos hacia ella. Yo me adelanté con la caja en las manos, como si viniera de lejos para entregar una ofrenda. Él la miró sin tocarla. Su voz grave sonó en la habitación. Sonaba como el crepitar de las llamas.

—¿Saben por qué comenzaron a quemar los finales? En Finlandia Sur hay un tribunal de hombres sabios: se reúnen todos los meses y toman las decisiones importantes. Nadie sabe quiénes son, ni dónde se reúnen, y de las decisiones que se toman nos enteramos mucho después. Hace muchos años los sabios de Finlandia Sur empezaron a notar que la gente lloraba cuando terminaban las películas tristes, y cuando terminaban los libros tristes. Notaron inclusive que, aunque el final no fuera del todo triste, en el hecho mismo de que una historia terminara había algo de melancolía. Durante muchos días los hombres sabios de Finlandia Sur pensaron en el asunto; querían llevar felicidad a los hombres, y esas lágrimas derramadas los llenaban de desconcierto. Llegaron a la conclusión de que, sin finales, el final de todas las cosas tardaría más en llegar. Que quizá por el solo hecho de leer cosas sin final llegaríamos a ser inmortales. Y así todo empezó a interrumpirse: empezaron por las películas y los libros, pero la enfermedad se contagió, y llegó a las estatuas, las conversaciones, las anécdotas. Y cuando llegué yo a la ciudad, cuando se enteraron de que el famoso Míster Chan-Chan renunciaba a los finales y se refugiaba en Finlandia, me ofrecieron el cargo de Incinerador. Hasta ahora he sido fiel a ellos. Hasta ahora nunca falté un día ni dejé una página sin quemar.

Yo le entregué la caja. La tomó en sus manos, dejando las marcas de sus dedos negros.

—¿Qué me trajeron? —preguntó, aunque bien sabía lo que era—. No merezco regalos.

—Es algo que le pertenece. Cuando una encomienda no llega a destino, debe volver al remitente. Esta vuelve con años de retraso.

Miró su letra, los lacres, las estampillas, el cordel amarillo todavía anudado.

—¿No es una trampa? ¿No lo armaron ustedes para convencerme?

—Es la caja que usted mandó. Galán nunca la abrió.

—¿Por qué no? Él confiaba en mí. Siempre usaba mis finales, para cada uno de sus capítulos.

—Usted no tuvo en cuenta algo: la gran huelga de carteros. Las cartas se acumularon en los buzones. Pasaron meses hasta que el correo se normalizó.

—Pero entonces... ¿de dónde sacó Galán su final? ¿Por qué decidió condenar al juguetero y a sí mismo?

Yo me encogí de hombros.

—Para eso, Míster Chan-Chan, no tenemos respuesta.

Estaba tan acostumbrado a considerarse culpable, que su inocencia lo desconcertó. Pero creo que entonces empezó a tomarla en cuenta, porque pudo levantar la vista y mirar por primera vez a la hermosa muchacha que lo esperaba, que lo había esperado desde hacía años. Y ella avanzó hacia él, con su vestido crujiendo. El hombre alto la abrazó, dejando las marcas de sus dedos de hollín sobre las tablas del vestido. El abrazo hizo un ruido a papel celofán.

Me sentía un intruso. Sin decir nada, me encaminé hacia la salida.

—¡Esperá! —me detuvo ella, que salía sofocada del abrazo—. Quedate. Falta abrir la caja.

Las manos negras de hollín desataron el cordel y desgarraron el papel. Una moneda roja se deshizo contra el piso: era uno de los lacres. Con un gesto de mago, el Incinerador me mostró el interior de la caja.

—Está vacía —dijo Alejandra, con algo de decepción.

—No —dijo el Incinerador—. Puse una gota del perfume que siempre usaba tu madre. Debí pensarlo antes: ese perfume nunca podría haber inspirado un final terrible.

—Todavía se huele —dijo ella, pero estoy seguro de que solo imaginaba el perfume.

La caja ya había cumplido su cometido así que el incinerador la tomó en sus manos y la arrojó en dirección al fuego. Di un salto y la atajé en el aire.

—La caja me sirve. Vine aquí a buscar un final. Quiero que me lo consiga. Tengo conmigo la historia que tiene que leer.

—No tengo práctica.

—Ahora está salvado. Ahora ha vuelto a ser el mejor buscador de finales.

—No, ahora soy otra cosa. Ahora soy bueno en esto, nada más.

Arrancó las páginas de un libro e hizo un avioncito. Lo arrojó al fuego, pero no acertó. Probó de nuevo. El avión se desvió a último momento, como si una ráfaga lo hubiera interceptado.

—Nunca fallé un solo tiro. Hasta ahora… ustedes me ponen nervioso…

Siguió con dos, tres, diez aviones, cada vez más rápido, cada vez más inquieto, hasta que la boca del horno quedó rodeada de aviones salvados.

—¿Lo ve? —le dije—. Ha vuelto a ser Míster Chan-Chan. Ha vuelto a ser un buscador de finales.

Los guantes

En el hotel cené solo. A la mañana siguiente partiría para la ciudad con las manos vacías. Míster Chan-Chan tenía a su hija, ella a su padre, y yo nada. Era bueno que Sanders no se hubiera hecho esperanzas: así no podía decepcionarlo. La señora María Elena, feliz por haber recuperado a su hermano, me sirvió los platos de una comida interminable; por no quedar mal, acepté uno tras otro. Ya no podía más.

Me había quedado dormido en la mesa, cuando en el comedor del Hotel Las Nubes aparecieron Alejandra y su padre. Él ya no estaba tiznado de hollín: después de una ducha, era otro, y de haberlo encontrado por la calle no lo hubiera reconocido. O se disfrazaba de chino, o se pintaba con humo: no estaba acostumbrado a verse tal cual era. Llevaba la caja en sus manos.

—Usted vino a buscar algo —dijo Míster Chan-Chan. Los dos se sentaron frente a mí. El hombre puso la caja sobre la mesa.

—¿En serio preparó un final? —pregunté.

—No, la caja está vacía. Pero vamos a enviar algo, no se preocupe.

Me pareció importante que, antes de ponerse a pensar, le diera una hojeada al libro de Salerno. Saqué de la mochila el cuaderno amarillo. Al hacerlo, cayeron los guantes. Él los tomó y los estudió. Tenían una etiqueta que decía: Propiedad de la Editorial Libra.

—¿Los guantes de la compañía?

—Sí, ahí trabajo. Así conocí al señor Sanders. ¿No quiere leer el cuaderno de Salerno? No es largo, le llevará una media hora.

—No hace falta leer nada. Quiero encontrar el final a su historia, no a la de Salerno.

Bastó que me hiciera unas pocas preguntas, para que yo, aliviado porque mi búsqueda hubiera terminado, empezara a contarle de Sanders, de Paciencia, de mi madre, de El Palacio de los Botones. Hablé de mi padre también. Hablé como en sueños. En algún momento de la charla, sin interrumpirme, Míster Chan-Chan tomó los guantes y los metió en la caja.

Había trabajado mucho para conseguir ese final, y ahora Míster Chan-Chan no solo se negaba a leer la historia, sino que ponía en la caja cualquier cosa, lo primero que había a la vista, como podría haber puesto el pedazo de tarta de chocolate que no había llegado a terminar.

—¿Voy a llevar mis guantes? Cuando Sanders me vea aparecer con esto…

—Confíe en mí. Vaya a ver a Salerno y lleve esta caja. Si algo le ocurre en el camino, preséntese igual. Un buscador de finales nunca falta a una cita, aunque llegue con las manos vacías.

Fueron a despedirme a la estación.

—Dele mis saludos a Sanders. Dígale que con Oficina de Objetos Perdidos, o sin ella, él sigue siendo el mejor.

Alejandra me llevó aparte.

—Ganaste apenas unos guantes, que ya eran tuyos. Pero yo gané un padre. Tengo que darte las gracias.

—Nunca te vi sonreír. ¿Por qué estás triste ahora?

—No estoy triste. Es que no me sale.

—Hay que ensayar.

—Prometo probar.

Y ensayó y ensayó mientras la miraba por la ventana del tren. Si consiguió algún resultado, no lo sé, porque el tren se marchó antes de darle otra oportunidad.

Brum Vs. Paciencia

Dormí en el tren; desperté con la sensación de que me sacaban la caja, pero todavía estaba allí, en mis manos. No tenía tiempo de pasar por mi casa, así que fui directamente a la editorial. El edificio Libra tenía las ventanas encendidas. Los dibujantes y guionistas a veces trabajaban hasta tarde.

Crucé el parque: estaba a punto de llegar cuando fui interceptado. Como la vez anterior, el empujón llegó sin hacerse anunciar. Caí sobre el suelo de grava y hojas secas. Eran dos, pero no llegué a verles las caras. Uno me pateó en el suelo, para que no me levantara, mientras el otro se alejaba con la caja. Después el primero lo siguió.

Me quedé en el suelo, sin ganas de levantarme, esperando que pasara el dolor de los golpes. Miré la noche sin nubes, las estrellas. Tuve la rara idea de quedarme a dormir sobre las hojas secas y esperar allí la llegada del día. Olvidarme de Salerno, de Paciencia, de los finales. Pero entonces recordé las palabras de Míster Chan-Chan:

—Un buscador de finales nunca falta a una cita, aunque llegue con las manos vacías.

Me levanté y empecé a caminar hacia la Editorial Libra. A la altura de la rodilla el pantalón estaba roto, y se veía un raspón. Tendría que lavarme la herida, pero no era el momento. Se acercaba la medianoche, se acercaba la derrota de Sanders. A medida que me acercaba a la editorial, más me dolían los golpes. Subí rengueando los escalones de piedra. La entrada estaba desierta, con excepción de un portero nocturno, que me miró con curiosidad. Un gran reloj dorado colgaba del altísimo techo: faltaban cinco minutos para las doce.

—Los ascensores de noche no funcionan —dijo el guardia nocturno—. Si alguien se queda encerrado, no hay ningún técnico que lo pueda sacar.

Y me señaló las escaleras.

—Lo que me faltaba —dije para mí.

Subí los diez pisos tan rápido como pude y entré sin aire a la sala de reuniones de la editorial. Solo entonces, al ver las miradas de los otros, tuve conciencia de mi aspecto, de los raspones, el pantalón y la camisa desgarrados, las hojas secas que se habían quedado adheridas a mi ropa. En el centro de la sala estaba el escritor, hundido en un sillón, bajo una lámpara que acentuaba su palidez. Estaba extraordinariamente abrigado, con gorro, pulóveres y bufandas. A su lado estaba el señor Libra, Jacobo Libra. Era la primera vez que lo veía, pero lo reconocí por las fotografías y los retratos. En los retratos se lo mostraba como un hombre gigantesco. En la vida real las cosas tienen una escala diferente: Libra era bajito y frágil. Separados por ellos, Sanders y Paciencia se miraban con odio. La mujer fue la primera en hablar:

—Que mi nombre me valga: ya estaba cansada de esperar, Sanders —Paciencia miró mejor y simuló sorpresa—. Caramba. Parece que el chico no trae nada.

—¿Interceptado? —preguntó Sanders.

Asentí con la cabeza.

—¡No trae nada porque lo interceptaron sus delincuentes, aritmética bruja!

—¡No acuse sin pruebas! Lo voy a demandar. Pongo a Libra y a Salerno de testigos.

Salerno se acomodó la bufanda.

—Dejemos los juicios para otro día. Hoy se terminaba el plazo. Tengo que ver qué me han traído.

—Empiezo yo —dijo Paciencia—. Bueno, empiezo y termino.

Salió unos segundos de la habitación y regresó con una jaula que tenía la forma de una casa alpina. Todos oímos un graznido que nos llenó de inquietud. Paciencia abrió la puertita de la jaula y de allí salió un cuervo que comenzó a dar vueltas por la habitación.

—¿Qué es esto? —dijo Sanders—. Ya sabe que no se admiten seres vivos.

—Lo lamento, Sanders, los objetos inanimados se me acabaron. Además, en el cuento aparece un cuervo.

El pájaro daba vueltas por la habitación, rozando con sus alas negras y brillantes las lámparas del techo.

—Suficiente —dijo Salerno—. Ya lo he visto. ¿Sabe cómo volverlo a la jaula, Paciencia?

Paciencia miró al cuervo, miró la jaula, miró al cuervo, la jaula de nuevo, y no encontró ninguna manera de acercar uno a otro.

—No, lo siento, Salerno. Los animales vienen sin instrucciones.

—Y ahora es su turno —me dijo Salerno—. Muéstreme sus manos. Algo tiene que tener ahí.

Se levantó del sillón, tan rápido que me tomó por sorpresa. En ese momento el cuervo chocó con la lámpara del techo y la sala quedó en la oscuridad. Se había producido un cortocircuito. Según supe después, medio edificio había quedado a oscuras.

Pero Salerno ya se había puesto de pie con un ímpetu excesivo. Al hacerlo, tropezó con el bastón de Libra y cayó hacia delante. Yo tendí la mano para sostenerlo, y él tendió la suya para frenar el golpe. Cuando las manos se acercaron, la electricidad trazó un puente de luz. Era una chispa perfecta, azul, y, según convinimos después, nadie había visto nunca una chispa mejor. Un rayo de bolsillo. Míster Chan-Chan había previsto todo: el robo, los ascensores que dormían de noche, las manos desesperadas de Salerno que buscaban el final que se le negaba. Míster Chan-Chan había contado con esa mercadería secreta, pero no con la fuerza de la chispa: apenas fue tocado por el rayo, Salerno se desplomó en el sillón.

Lo rodeamos en la oscuridad. Libra trató de reanimarlo a los gritos: estaba tan acostumbrado a dar órdenes que le parecía que aun la gente desmayada debía obedecerlo. Sanders lo sacudió, y ya le había dado dos cachetadas, cuando se dio cuenta de que en realidad estaba zamarreando a Libra.

—¡Basta, Sanders, o lo echo! —gritó el editor.

A todo esto, Salerno no reaccionaba. Por unos segundos, pensé que había muerto.

El cuervo, cansado de volar, había elegido una de las ventanas. Seducido por lejanas estrellas, atravesó el cristal.

La decisión de Salerno

La luz volvió poco después. Comprobamos que Salerno vivía, aunque todavía no había recuperado la conciencia. Sanders fue a buscar una jarra de agua. Iba a acercar un vaso a los labios de Salerno, pero lo pensó mejor y le vació la jarra en la cabeza.

—Es para despertarlo —aclaró, pero yo sabía que así se vengaba de que Salerno lo hubiera traicionado.

—Lo tengo —dijo Salerno al despertar.

—¿Y? —preguntó Paciencia.

—Voy a usar el final de Sanders. Bueno, en realidad el final del muchacho…

Paciencia dio un chillido.

—Traje un escritorio Luis XIV, un palo de golf, una máquina de escribir con caracteres chinos, que ocupaba media habitación, un cuervo que tuve que robar del zoológico municipal. Y la contorsionista, por supuesto. ¡Estuvimos cinco horas para estirarla del todo! A usted nada de todo esto le importa. A la hora de decidir, ¡elige una chispa!

Salerno parecía feliz de haber vuelto a los finales de Sanders.

—Lo lamento, señora Paciencia. Una chispa era lo que necesitaba.

Paciencia tomó la jaula y la tiró por la ventana. La jaula rompió los restos de vidrios que le quedaban a la ventana.

—Dejo el mundo de los finales. No merecen mis cálculos ni mis estadísticas. No me merecen a mí.

Al marcharse dio un portazo que hizo temblar las paredes.

Los otros se habían sentado, yo me senté también, sin pedir permiso. Entraba aire frío por la ventana rota. Salerno, empapado, temblaba. El señor Libra hizo traer toallas y mantas. Nos quedamos unos minutos callados: el silencio que precede a los cuentos.

—Voy a contarles el final de mi historia —dijo Salerno entre temblores—. Es más o menos así:

Y yo repito lo que oí, lo que ahora recuerdo:

—¡No voy a abrir! —gritó el señor Voss. Pero la puerta volvió a sacudirse y por debajo de la puerta empezó a crecer un hilo de sangre. ¿Estaba aquel guerrero tan herido que acabaría por caer muerto frente a su puerta? Había que encontrar una solución.

—Le voy a explicar a este hombre cómo llegar al parque. Allí hay una serie de sitios muy cómodos para tenderse sobre las hojas secas y morir en paz. Un guerrero debe morir en contacto con la naturaleza, y no en la puerta de un honesto redactor de informes comerciales.

El señor Voss abrió y notó que el tercer guerrero estaba en peor estado que los anteriores. Tenía una palidez mortal y una estaca de hielo le atravesaba el corazón. Un vapor blanco salía de su boca. El señor Voss acercó sus dedos al hielo, pero el guerrero retrocedió espantado.

—¡No la arranque! ¡Si la arranca, muero! Y soy el último que puede salvar la ciudad. ¡El nombre, el nombre!

La voz del guerrero sonaba sin esperanza. Esta vez el señor Voss no se animó a decir que no ni a cerrarle la puerta. Escribiría cualquier cosa, tal vez su propio nombre, Voss, en un papel de carta, para que el guerrero no partiera con las manos vacías. Quizá tuviera la suerte de morir en el camino, antes de enterarse de que había llevado de regreso una palabra falsa.

Tomó una vieja lapicera que conservaba de sus tiempos de estudiante, y que siempre le manchaba los dedos. Antes de que pudiera escribir una palabra, una gota de tinta se estrelló contra el papel. Quedó en el centro de la hoja, y tenía algo de estrella y algo de flor negra. Entonces el señor Voss supo. Recordó que ese era el nombre silencioso que ponía en marcha al volcán. Durante toda su vida había sido cuidadoso, pero nunca había podido evitar la caída de las gotas de tinta. Quizás el niño que había sido supo que aquello no cambiaría; que no se podía confiar en la memoria, pero sí en aquella firma involuntaria.

—Ponga este papel en la boca del guerrero de piedra que yace bajo el volcán —ordenó el señor Voss con una autoridad desconocida, y empujó al mensajero hacia la batalla. El guerrero se alejó de un salto, como si la punta de hielo sobre su corazón se hubiera derretido.

"¿Qué ha sido todo esto?", se preguntó el señor Voss antes de dormir. "¡Qué niño insensato que fui! ¡Debería castigarse con rigor a los niños que imaginan ciudades! ¡Y si cometen la imprudencia de volverlas realidad, mandarlos a la cama sin cenar!".

Pero luego se tranquilizó: había olvidado a Vulcandria una vez y podría olvidarla de nuevo.

Apenas apagó la luz oyó tres golpes contra el vidrio. Abrió la ventana y vio un aleteo negro. El cuervo graznó su mensaje de victoria, y ya cumplida su misión se perdió en la oscuridad.

Renglones en blanco

Un mes mas tarde apareció el libro del señor Salerno. A primera vista era un cuaderno en blanco, cada página se veía así:

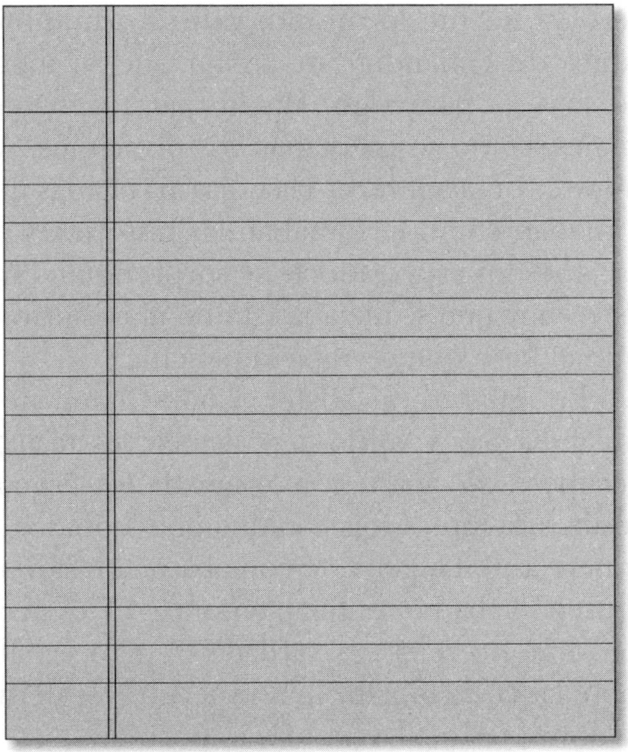

Pero en realidad se trataba de tinta fotosensible. El cuaderno, con el correr de las páginas, se llenaba de letras. Había que dejarlo un buen rato al sol, y de este modo las palabras, hasta entonces escondidas, aparecían.

En cuanto a Finlandia Sur, la deserción del Incinerador, que al principio pasó inadvertida, empezó a traer grandes cambios. En los mercados, en la cola de los cines, en las plazas, corría el rumor de que el gran hombre había desertado. Otros lo reemplazaron, pero ya no fue lo mismo: ya ni los hombres sabios de Finlandia Sur creían que su método sirviera para algo. Había que aceptar los finales, como se aceptaban los principios. Así empezaron a aparecer las hojas arrugadas que contaban cómo terminaban las historias, y en los cines los espectadores se sorprendían ante el cowboy que se alejaba rumbo al desierto, o ante el beso que cerraba la película.

En cuanto a Míster Chan-Chan, dejó Finlandia Sur y volvió a actuar en los teatros. Recuperó su apariencia oriental: los bigotes postizos, la túnica roja con dragones dorados, el bonete azul. La gente le contaba una historia y le preguntaba por el final: entonces él les decía algo que no sé si era verdadero, pero echaba sobre las cosas una luz más viva. A través de sus palabras, todo parecía más importante.

Una noche fui a verlo. Tenía planeado levantar la mano y preguntarle:

—¿Y mi historia, Míster Chan-Chan, cómo termina?

Pero no me animé. Y sin embargo, aunque no llegué a pronunciar palabra, Míster Chan-Chan me contestó: después de clavarme los ojos, hizo un enigmático gesto y señaló el fondo del salón. Ahí estaba Alejandra, almidonada y de pie. Había vuelto a su vestido azul. Yo abandoné la fila y fui hasta el fondo, justo para ver algo tan inesperado como una gota de tinta que se estrella contra el papel, o una chispa que salta y que ilumina:

Alejandra, la seria Alejandra, sonreía.

Índice

PABLO DE SANTIS

Nació en Buenos Aires, en el año 1963. Es licenciado en Letras (Universidad de Buenos Aires). Ha trabajado como periodista y guionista de historietas. Ha escito varias novelas para adolescentes. En Alfaguara Juvenil ha publicado *El inventor de juegos*. También es autor de novelas para adultos que han sido publicadas en Argentina y España, y traducidas a ocho idiomas.

En 2007 ganó el Premio Planeta con su novela *El enigma de París*.

Esta libro se termino de imprimir en los talleres gráficos de Unigraf, S. L., Móstoles (Madrid), en el mes de marzo de 2009.